KB064361

하찮아지느니

———— 불편한 사람이 되기로 했다

하찮아지느니 ——
불편한 사람이 되기로 했다

차희연 지음

교보문고

나에 대한 자신감을 잃으면,
온 세상이 나의 적이 된다

   아이유는 자그마한 체구의 솔로 여가수다. 그녀는 현
란한 안무와 노래로 무장한 아이돌 그룹이 대부분인 K-
팝 시장에서 조금 다른 노선을 걷고 있다. 그럼에도 데
뷔 이후 10년이 넘는 시간 동안 큰 인기를 얻으며 발표
하는 곡마다 차트 1위를 차지한다. 대중에게 아이유는
성공한 아티스트다. 하지만 나에게 아이유는 아티스트
이기 전에 자존감 높은 사람, 스스로를 존중하고 대우
하는 법을 아는 성숙한 사람이다.

   언젠가 〈대화의 희열〉이라는 프로그램에 출연한 그
녀를 봤다. 슬럼프에 관한 이야기를 하던 중 아이유는 아
이러니하게도 가수로서 소위 말하는 첫 대박이 터진 해
에 슬럼프가 크게 왔다고 말했다. 데뷔 무대에서도 떨지

않을 만큼 정신력이 강인했던 그녀였지만 감당 못 할 만큼 큰 인기를 얻자 불안함을 느끼기 시작했다는 것이다.

"'아이유는 어린데도 참 잘한다'라는 말을 들었어요. 그런데 저는 나이를 먹어가고 있잖아요. 그때 앞으로 '어린데도'라는 말을 빼고도 잘한다는 평가를 받을 수 있을지 생각했던 거 같아요. 그래서 일이 잘되면 잘되는 대로 더 불안한 거예요. 계속해서 거품이 만들어지는 것 같은 느낌? 그런데 이게 어느 순간 거품이 다 빠지고 밀도 있게 압축해서 봤을 때 내가 손톱만큼일까 봐, 그만큼 작을까 봐 그게 조금 무서웠어요. 원래 저라는 사람에 비해서 너무 좋게 포장이 된다고 해야 하나."

자신의 마음속을 차지하기 시작한 불안을 인지한 아이유는 활동을 중단하고 쉬기로 결정한다. '물 들어올 때 노 저어라.' 연예계는 이 말이 가장 많이 오가는 곳이다. 데뷔 후 어렵게 물이 들어왔음에도 노를 젓기보다 휴식을 선택한 것을 두고 많은 사람들이 안타까워했을 것이다. 하지만 아이유는 정답에 가까운 결론을 내렸다.

"거품이 다 날아가든지 내가 손톱만 해지든지 간에 불안해하면서 근사하게 보이며 사느니 그냥 초라하더라도 마음 편하게 살아야지라는 생각을 하기 시작했어요."

아이유는 다 내려놓는 것을 초라하다고 표현했다. 하지만 마음속에 불안 같은 부정적인 감정이 떠올랐을 때 그것을 무시하지 않는 것은 누구보다 나를 존중하고 챙기는 행동이다. 오히려 힘든 마음을 외면한 채 품고 사는 것이 스스로를 괴롭히는 것이다. 이 괴롭힘이 계속되면 자신감과 자존감을 잃게 된다. 그런 의미에서 아이유는 스스로를 지켜낼 줄 아는 강하고 멋진 사람이다.

미국의 시인 랠프 월도 에머슨은 "나에 대한 자신감을 잃으면, 온 세상이 나의 적이 된다"라고 말했다. 내가 내 편을 들어주지 않으면 다른 사람이 나를 하찮게 대한다는 것이다. 그러니 우리는 우리에게 다정하고 친절해야 한다. 가장 사랑하는 사람에게 하고 싶은 말을 자신에게 해줘야 한다. 아무리 스스로에게 너그럽고 관대해져도 우리는 여전히 자신을 나무랄 것이고 다른 사람에게 상처 주거나 피해 주지 않기 위해 자신을 다그치며 살아갈 것이기 때문이다. 그러니 계속해서 나를 알아봐 주고 잘하고 있다며 스스로를 받아들여 줘도 된다.

그리고 나를 감정의 쓰레기통으로 여기는 사람의 접근을 단호히 거부하고 주변 사람들에게 나를 좀 더 표현해도 된다. 내가 나를 존중하는데 남이 나를 하찮게 여긴다면 건강하고 온건한 방법으로 감정을 드러내도 좋다. 하찮아지느니 불편해서 함부로 대할 수 없는 사람이 되자. 그래야 삶의 무게가 줄어든다.

이 책을 쓰기 시작했을 때는 한겨울을 지나던 중이었다. 그리고 책의 출간을 앞둔 지금은 이제 막 여름이 시작되려 하고 있다. 나는 집 안이 추울 때는 보일러를 켰고, 더울 때는 열심히 에어컨을 켰다. 가장 쾌적한 온도를 유지하며 즐거운 마음으로 이 책을 썼다.

무례한 사람, 나를 하찮게 여기는 사람, 나를 우습게 대하는 사람에게 내 생각과 감정을 제대로 표현하지 못하는 것은 추워도 보일러를 켜지 못하고 더워도 에어컨을 켜지 못하는 것과 같다. 다른 사람의 온도 조절보다 내 온도 조절이 먼저다. 다른 사람의 감정 조절보다 내 감정 조절이 우선이어야 한다.

이 책을 읽는 모든 사람이 스스로를 하찮게 여기지 않기를, 다른 사람들로부터 만만하고 보잘것없는 존재로 여겨지지 않기를 바란다. 조금 불편할지라도 함부로 대할 수 없는 사람이 되었으면 좋겠다.

차희연

차례

(1부)

그때 이렇게 말했어야 했는데

자존감 도둑에게
먹이를 주지 말 것

자신이 얼마나 매너 없이 굴고 있는지 알려주지 않으면

자신의 무례함이 누구 웃어넘길 수 있는 농담인 줄 알고

'지속가능한 개매너 인간'이 되기 때문이다.

시트콤 〈하이킥-짧은 다리의 역습〉에서 윤계상은 박진희에게 '계매녀(개매녀 대신 계상의 '계'를 딴 별명)'로, 〈지붕 뚫고 하이킥〉의 이지훈(최다니엘)은 황정음에게 '개자식'으로 불린다. 시트콤 속 두 남자는 나쁜 사람이 아니다. 하지만 이들이 이렇게 불리는 이유는 거침없이 내뱉는 그들의 말 한마디 때문이다.

계상은 붉은색 립스틱을 바르고 출근한 진희에게 "피흘리는 것 같다"라며 웃는 얼굴로 놀린다. 열심히 꾸민 모습을 보고는 중학생처럼 보인다며 귀여운 조카 같다고 말한다. 악의는 없을지 몰라도 듣는 사람은 상당히 기분 나쁠 만한 말을 생글생글 웃으며 말한다.

지훈도 마찬가지다. 평소 남에게 별로 관심이 없는 그는 상대의 마음을 잘 살피지 않아 할 말 못 할 말을 가릴 것 없이 내뱉는다. 조카의 과외 선생인 정음이 신발을 신으려고 쪼그려 앉은 뒷모습을 보고 "팬티 보여요"라고 대놓고 말해 무안을 준다. 맞선 상대에게도 "아까부터 긴가민가했는데 눈에 황달이 있으시네요. 혹시 간 안 좋으세요? 소변이 거품 많고 갈색이죠?"라고 묻는다.

　현실에도 계상과 지훈처럼 듣기 싫은 말로 우리를 공격하는 사람들이 있다. 이런 사람들은 자신의 무례한 말에 우리가 상처받거나 화내는 모습을 보고 싶어 한다. 그런데 무례한 인간에게 아무 대응도 하지 못한 채 그 상황을 꾹 참고 넘어가는 사람들이 꽤 많다.

　나이 많은 사람이 하는 말이니까, 즐거운 분위기를 망치고 싶지 않으니까, 늘 그런 사람이었으니까, 나만 참으면 문제없이 다 지나갈 일이니까, 여기서 화를 내면 성격 나쁜 사람이 될지도 모르니까…. 이런 이유로 공격에 무방비로 노출된 채 당하기만 하는 것이다.

　사람을 상대하는 데는 여러 스킬이 필요하다. 그중에서도 가장 중요한 기술은 나를 무시하거나 무례하게 구는 사람에게 '당신은 지금 실수하고 있다'라는 사실을 알려주는 것이다. 얼마나 매너 없이 굴고 있는가를 알려주지 않으면 자신의 무례함이 누구나 웃어넘길 수 있는 농담인 줄 안다. 그렇게 내버려두면 '지속가능한 개매너 인간'이 된다.

미시간 주립대의 러셀 존슨(Russel Johnson) 교수는 무례함이 널리 퍼져나간다고 말한다. 잘난 체하는 말, 사람을 바보로 만드는 말, 빈정거림 등 상대의 무례한 행동을 경험한 사람들은 정신적으로 피로감을 느끼는데 이로 인해 자신의 충동을 관리하고 감정을 조절하는 데 어려움을 겪는다고 한다. 때문에 다른 사람에게 불친절하게 구는 것으로 해소한다는 것이다. 그러니까 다른 사람이 나에게 무례하게 굴면 나도 다른 사람에게 잘난 척하고 남을 몰아세우고 비아냥거리면서 무례하게 굴게 된다는 것이다.

그래서 나는 친구가 무례하게 굴거나 회사 동료가 내 탓을 해도 나의 자존감에 영향을 주지 못하도록 마음을 단단히 먹는다. 그리고 그러한 상황에서 벗어나려고 한다. 나만의 단단한 마음인 자존감을 지키면 언제 목소리를 내야 하고 언제 단호하게 표현해야 하는지를 알 수 있기 때문이다. 별것 아닌 일에는 관심을 두지 않지만 상대가 나에게 잘못된 행동을 하면 지적하는 것을 두려워하지 않는다. 때로는 무례한 상대에게 대체 뭐가 그리 불편한지 직접 묻기도 한다. 조금씩 천천히 내 마음을 단단하게 만들어나가고 있다.

무례함으로 내 자존감을 훔치려는 도둑을 상대로 내가 가장 중요하게 여기는 게 있다.

'자존감 도둑에게 먹이를 주지 말 것!'

절대로 상대가 기대하는 반응을 보이지 않는 것이다. 반응하는 순간 그 사람의 페이스에 말려들어 이 모든 일이 나 때문에 벌어졌다고 자책하게 된다. 자존감 도둑의 목표가 바로 이것이다. 다른 사람의 실패나 상처, 좌절감을 보면서 자신의 자존감을 세우는 이기적인 마음. 어떻게 해서든 상대의 단점을 긁어모아 공격하는 이들의 열등감에 먹이를 줄 필요는 없다.

나에게도 무례한 농담에 아무 말도 못 하고 웃으며 받아주던 시절이 있었다. 그 방법이 아무것도 해결해주지 않음은 그다음에 더 심한 농담과 빈정거림이 기다린다는 것을 경험하고야 알게 되었다. 그렇게 자존감을 조금씩 도둑맞으면서 내가 스스로를 불행하게 만들고 있다는 사실을 깨달았다.

인간관계는 나의 행복한 삶을 위한 일부분에 불과했다. 그런데 인간관계에 얽매여 앞으로 나아가지 못하고 있는 모습이라니. 계속 두고 볼 수만은 없었다. 그동안 도둑맞은 자존감을 되찾아 와야만 했다.

그때부터 나는 무례한 사람을 만나면 파이팅 넘치는 모습을 보였다. 파이팅 넘친다는 것은 격렬하게 싸운다는 말이 아니다. 즐거운 분위기 속에서 웃으며 상대의 무례함을 확실하게 알려준다는 뜻이다. 다시는 그런 말과 행동을 하지 못하게 말이다.

"이 식당 갓김치 포장해 가요. 집에서 라면이랑 먹으면 진짜 맛있어요."

"저는 집에서 라면을 안 먹어서 괜찮아요."

"라면 좋아할 거 같은데 의외네. 근데 몸은 왜 그래요?"

라면 같은 음식을 좋아하지도 않는데 왜 그리 살이 쪘느냐는 이야기다. 상대는 웃으며 말했지만 나에게는 무례한 말이다. 예전 같았으면 속으로 '그래, 이런 말 안 들으려면 다이어트를 하자'라며 나를 원망했겠지만 지금은 다르다. 나는 웃으며 상대의 개매너에 대꾸한다.

"제 몸매에 불만 있으신 거 같은데 지금 저 도발하시는 건가요? 그러면 제가 제대로 전쟁 선포할 수 있는데. 웃는 얼굴에 침 못 뱉는다고 하잖아요. 근데 저는 웃으

하찮아지느니

면서 회 뜨기 전문이거든요. 제가 도발에 꽤 강한데, 어떻게 한번 보여 드릴까요?"

나보다 열 살은 많았던 남자는 파이팅 넘치게 웃으며 잘못을 지적하는 내 모습에 금세 얼굴이 새빨개졌다. 그러고는 자신의 무례함을 깨달은 듯 손을 휘저으며 대답했다.

"아니에요, 도발한 거. 내가 말을 잘못했네요. 잊어버려요."

사람들과 좋은 관계를 유지하는 것은 중요하다. 하지만 그들이 나를 존중해주지 않는다면 그 관계를 이어나갈 필요는 없다. 존중한다는 것은 좋은 말만 해주거나 억지로 긍정적인 사이를 꾸며내는 것이 아니다. 있는 그대로의 나를 인정하면서 내 생각과 행동, 그리고 나의 존재 자체를 함부로 깎아내리지 않는 것이다. 내 자존감을 훔쳐 자신의 자존감을 키우는 데 사용하는 사람에게는 절대로 먹이를 주지 말자. 나를 존중하는 사람들과 관계를 맺기에도 부족한 에너지를 그런 사람들에게 쓸 여유는 없다.

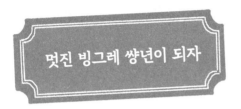

멋진 빙그레 쌍년이 되자

"그들이 저급하게 행동해도

우리는 품위 있게 행동합시다"라는 미셸의 한마디는

유연하고 품위 있게 상대를 대놓고 저격하지 않으면서,

자신이 만만치 않은 사람이라는 것을 보여주었다.

소녀시대의 서현은 팀에서 나이는 가장 어리지만 조곤조곤 할 말을 다 하는 강한 막내 캐릭터로 유명했다. 어느 예능 프로그램에서 멤버들에게 이런 질문을 했다.

"화장실을 제일 오래 쓰는 사람은 누구죠?"

언니들은 일제히 서현을 지목했다. 다들 바쁜 아침 시간인데 서현 혼자 화장실에서 오랜 시간 준비를 한다고 토로했다. 그러자 가만히 듣고 있던 서현이 차분하게 말했다.

"저는 깨끗이 씻어서 그런 거예요."

그 말을 듣고 나는 크게 웃었다. 졸지에 나머지 8명의 멤버는 대충 씻는 사람이 되고 말았지만, 아마도 서현은 언니들의 예능 답변에 예능으로 맞받아치느라 그렇게 말했을 것이다. 나는 그 방송을 보면서 서현이 결코 만만치 않은 상대라는 것을 인정했다. 내 눈이 틀리지 않았는지 서현은 멤버와 팬들 사이에서 '막내 온 탑(막내 on top)'이었다.

아이돌 그룹의 팬들은 종종 멤버들의 그룹 내 포지션이나 별명을 정하곤 한다. 외국인이 봐도 너무 잘생긴 BTS의 진의 포지션은 '월드 와이드 핸섬(world wide handsome)'이다. 피부가 유독 하얀 트와이스의 다현은 '두부'다. 그렇다면 서현의 포지션인 '막내 온 탑'은 뭘까?

국어사전에도 등재된 막내 온 탑은 어떤 그룹 안에서 나이는 가장 어리지만 여러 면에서 가장 우위에 있는 사람을 의미한다. 윗사람에게 기죽지 않고 솔직하게 말을 하거나 그룹의 선두 역할을 하는 등 막내답지 않은 모습을 보이는 사람을 말한다고 한다. 이와 대조되는 말로 막내 같은 맏이를 의미하는 '맏내'도 있다.

막내 온 탑은 하극상을 말하는 게 아니다. 나이가 어리다고 함부로 대하거나 무시해서는 안 되는 만만치 않은 상대를 뜻한다. 어리다는 이유로, 직급이 낮다는 이유로, 착해 보인다는 이유로, 여자라는 이유로(내 경우에도), 돈이 없다는 이유로 우리를 함부로 대하는 사람들이 많다. 사람들에게 만만한 상대로 보이는 것은 이미 관계에서 한 수 밀리고 들어가는 것과 같다. 그런데 나이, 경력, 직급, 성별, 재산과 상관없이 자신의 존엄성을 지키면서 존중받는 방법을 알고 있는 사람이 있다. 막내 온 탑 서현 같은 만만치 않은 상대가 그들이다.

스스로 건강하게 존재하는 만만치 않은 상대가 되려면 무엇보다 나를 향한 공격에도 웃으며 대처할 줄 알아야 한다. 가능하다면 상대가 기분 나쁘지 않도록 말하는 것도 좋다. 이때 핵심은 '상대가 기분 나쁘지 않도록'이 아니다. '할 말을 다 한다'는 것이다. 상대의 감정을 생각해주는 것은 좋지만 그 때문에 할 말을 제대로 못 하면 안 된다. 그건 상대의 무례함을 기꺼이 이해해 주겠다는 포지션을 보여주는 것이다.

만만치 않은 상대의 유형 중에는 방금 이야기한 '막내 온 탑' 외에 내가 개인적으로 좋아하는 '빙그레 쌍년'도 있다. 부드럽게, 웃으며, 조곤조곤한 목소리로 상대에게 해야 할 말을 하는 사람을 '빙그레 쌍년'이라고 한다. '입을 약간 벌리고 소리 없이 부드럽게 웃는 모양'의 사전적 의미인 빙그레에 여자 사람을 낮잡아 이르는 비속어를 더해 만든 말이다. 줄여서 빙쌍이라고 부르기도 한다.

빙쌍의 특징은 우선 잘 웃는다는 것이다. 남들이 듣

기 싫은 말을 할 때는 좋은 표정을 짓기 어렵다. 하지만 빙썅들은 철판을 깔고 스마일을 유지한다. 그리고 고래고래 소리를 지르지도, 흥분하지도 않는다. 차분하게 때로는 단아하게 자기 소신이나 생각을 말하거나 원하는 것을 요구한다. 예의바르고 단아하게 할 말을 다 하는 것은 나를 만만하게 보는 무례한 사람들에게 인간관계의 선을 지키라는 경고가 된다.

2008년은 미국의 대통령 선거를 앞두고 공화당과 민주당이 치열한 싸움을 벌이던 때였다. 당시 민주당 후보였던 버락 오바마는 흑인이라는 프레임 때문에 선거 운동 중에도 여러 사람에게서 공격을 받았다.

지금은 미국의 대통령이지만 당시에는 사업가로 유명했던 도널드 트럼프도 오바마를 공격한 사람 중 하나였다. 트럼프는 "게으름은 흑인들의 천성이다", "오바마의 출생신고서에는 분명 무언가가 있다. 무슬림일 수도 있고, 아니면 아예 출생신고서가 없을 수도 있다" 따위의 말로 민주당과 오바마 후보를 계속 공격했다.

트럼프의 망언에 오바마는 결국 자신이 미국령인 하와이에서 태어났다는 것을 증명하는 출생신고서를 공개

허장이지느냐

했다. 세계 최고 강대국인 미국의 대통령 후보가 출생을 의심받고 사기꾼이라는 조롱까지 당하는 모습을 보며 전 세계가 그의 반응에 주목했다. 하지만 오바마는 트럼프의 저열한 공격에 끝까지 웃으며 대응했다. 그리고 대통령이 된 뒤 열린 백악관 만찬에 트럼프를 초대했다. 수많은 사람 앞에서 연설을 시작한 오바마는 출생 의혹 음모론으로 쓸데없는 논란을 일으킨 트럼프에게 그제야 화답했다.

"도널드 트럼프 씨도 만찬에 오셨군요. 제 출생신고서 문제가 해결돼 가장 뿌듯하고 행복한 사람은 도널드 트럼프일 것입니다. 드디어 진짜 중요한 문제에 집중할 수 있게 되었으니까요. 예를 들어 '미국이 달 착륙을 조작한 걸까?' 하는 따위의 문제들 말입니다. 그리고 '래퍼 비기와 투팍은 살해당한 게 아니라 어딘가에 살아있는 게 아닐까?' 하는 문제도 있죠. 농담이 아닙니다."

웃으며 뼈 있는 농담을 하는 오바마의 연설을 듣는 트럼프의 모습은 수치스러움 그 자체였다. 그날 언론은 자신에게 무례했던 상대에게 한 방 날린 오바마에 대한 극

찬과 앞뒤 안 가리고 멋대로 입을 놀렸다가 한 방 맞은 트럼프에 대한 조롱으로 장식되었다.

그리고 훗날 미국의 퍼스트레이디였던 미셸 오바마는 민주당 전당대회에 참석해 트럼프의 막말에 관한 자기의 생각을 이야기했다. 그녀는 남편, 두 딸과 함께 누군가가 잔인하게 굴거나 약자를 괴롭힐 때, 혐오의 언어를 쏟아낼 때 그들에게 고개 숙이고 들어가지 말아야 한다는 것을 어떻게 설명해야 좋을지 고민했다고 밝혔다. 그러고는 이 한마디를 힘주어 말했다.

"When they go low, we go high."

"그들이 저급하게 행동해도 우리는 품위 있게 행동합시다"라는 말로 트럼프의 무례한 행동에 화답했다.

미셸의 한마디는 유연하고 품위 있게 상대를 대놓고 저격하지 않으면서, 자신이 만만치 않은 사람이라는 것을 보여주었다. 그날 이후 정치인들이 저급한 말과 행동으로 누군가를 무분별하고 원색적으로 비난할 때마다 뉴스에서는 그녀의 말을 인용해 성숙한 태도가 무엇인지를 환기시키곤 한다. 우리는 이런 빙썅이 되어야 한다.

다만 빙쌍에도 레벨이 있다. 하고 싶은 말을 하느라 상대를 대놓고 깎아내리거나 자존감에 상처를 주는 빙쌍이 되어서는 안 된다. 상대에게 빅엿만 날리는 빙쌍은 뿌린 대로 거둬서 사람들의 미움을 산다.

돌려 까기에 대처하는
우리의 자세

타인에 대한 배려가 거의 없는, 거만한 사람을

조건 없이 품어줄 필요는 없다.

한때 개그우먼 이영자의 '돌려 까기'가 화제였다.

그녀는 마음에 안 드는 부분이 있으면 직설적으로 말하지 않고 에둘러 표현한다. 충청도 출신인 그녀가 사투리를 쓰면서 디스인 듯, 디스 아닌, 디스를 하는 모습은 웃음을 자아낸다.

"으음, 오늘 밖에 비 오는데 아주 차가운 아이스커피. 나는 진짜 우리 송 팀장님이 참 좋아. 여자를 잘 모르는 순수한 청년이잖아. 바람둥이들은 이렇게 비 오고 추운 날에는 뜨거운 커피를 사 오거든. 그래야 여자들이 좋아하니까."

쌀쌀한 날 아이스 아메리카노를 사 온 매니저에게 이영자가 한 말이다. 칭찬 같지만 자세히 들으면 눈치 좀 챙기라는 면박을 은근히 돌려서 말한 것이다.

매니저가 느린 속도로 운전할 때면 이렇게 말한다.

"아이고, 이렇게 10km로 가니까 주변이 다 보이고 좋네. 그런데 오늘 안에 갈 수나 있나. 스텝들이 내일까지

기다려줄지 모르겠네."

빨리 가자는 말을 직접 하는 대신 자기 생각과 반대로 에둘러 표현하는 그녀의 화법은 확실히 재미있다. 하지만 어디까지나 예능이라는 전제하에 적절한 것이다. 개그우먼으로서 그녀의 화법은 많은 사람에게 웃음을 주는 즐거움이다. 하지만 현실에서 이런 돌려 까기를 날리는 사람을 상대하는 것은 만만치 않은 일이다.

몇 년 전 지인의 생일을 축하하기 위해 모인 자리에서였다. 발이 넓은 만큼 많은 사람이 참석했고, 그녀는 지인들에게 나를 작가라고 소개했다. 그러자 한쪽에서 이런 말이 들렸다.

"어머, 무슨 책 쓰셨어요? 나는 글 잘 쓰는 사람 너무 멋있고 부럽더라. 근데 내가 기억력이 나빠서 그런가, 작가라는데 나는 이름을 들어본 적이 없는 것 같네. 내가 유명한 작가들 책을 열심히 읽고 있는데, 책 한 권 사줘야겠다. 그럼 좀 유명해지겠네, 뭐. 하하하."

학교에서 선생을 하고 있다는 그녀의 돌려 까기 공격에 눈앞이 캄캄해졌다. 나중에 알고 보니 그녀는 책 쓰기 강좌를 열심히 들으며 원고를 써서 여러 출판사에 보냈지만 번번이 거절당했다고 한다. 이렇게 칭찬하는 척하다가 본심을 드러내거나, 대놓고 비난하지 않고 빙빙 돌려 비아냥거리는 '소심한 공격자'는 생각보다 많다.

수시로 돌려 까기를 시도하는 사람들은 기본적으로 불안이 많다. 세상이 자기중심으로 돌아가길 원하고, 사람들의 관심을 한 몸에 받고 싶어 한다. 그런데 현실은 그렇지 못하니 불안과 생존에 대한 경쟁심이 시기와 질투로 나타난다. 돌려 까기는 이런 불안에서 비롯한 질투를 우회적으로 표출하는 것이다.

따라서 자신의 칭찬에 집착하는 반면 타인에게는 야박할 만큼 칭찬에 인색하다. 만일 자신은 이루지 못한 것을 누군가가 해냈다면 상대를 은근히 깎아내리기가 다반사다. 대놓고 깎아내리면 자신이 나쁜 사람으로 보일 수 있기 때문이다. 이들이 돌려 까기에 능숙한 이유가 여기에 있다. 나만 칭찬받고 싶고 떠받들어지기를 원하는 나르시시스트이기에 자존심이 걸린 이슈에는 언제나 민감한 모습을 보인다.

문제는 이런 사람들이 우리 에너지를 흡수해 버리는 블랙홀이라는 사실이다. 타인에 대한 배려가 거의 없는, 거만한 사람을 조건 없이 품어줄 필요는 없다. 교묘하게 무시하거나 빈정대는 말에 화를 내면 금세 "에이, 농담한 거야. 웃자고 한 말에 그렇게 죽자고 달려들 필요 없어"라며 한걸음 물러선다. 그 순간 화를 낸 내가 예민한 사람이 되고 만다. 이런 사정을 알다 보니 대놓고 화를 내면 속 좁은 사람이 되는 것 같아 참아 보지만, 곱씹을수록 그 말이 농담이 아니었다는 생각이 든다. 이 과정에서 우리는 남에게 피해를 주는 착취적이고 거만한 사람이지만 겉으로는 그 모습이 드러나지 않는, 소심한 공격자에게 에너지를 빼앗기고 만다. 그저 이런 사람을 만나지 않기를 바랄 뿐이며 만나게 되었더라도 깊은 관계를 유지하기 꺼려진다.

가장 좋은 방법은 에너지 블랙홀을 만나지 않는 것이지만 그럴 수는 없다. 무작정 회사를 그만둘 수도 없고, 인간관계를 아예 끊어버릴 수도 없다. 우리에겐 나를 공격하지만 어쩔 수 없이 계속 만나야 하는 사람이 있다. 그렇다면 남은 방법은 하나밖에 없다. 이럴 때는 내가 돌려 까기 당할 만큼 만만한 사람이 아니라는 것을 상대에게 확실하게 보여줄 나만의 생존방식이 필요하다.

돌려 까는 사람들의 가장 큰 약점은 정직하게 소통하

는 법을 모른다는 사실이다. 자신과의 대화가 부족하기 때문에 스스로에게 열등감을 느끼고 타인과 정직하게 소통하지 못한다. 따라서 돌려 까기를 막는 건 똑같이 돌려 까는 게 아니라 정공법이다. '나는 너를 공격한 게 아니야'라고 생각하는 그 사람에게 나 역시 같은 방식으로 반박하는 것이다. 나도 너를 전혀 공격할 마음이 없다는 것을 보여주면서 상대의 의도를 묻는 것이다. 정확히 원하는 것이 무엇인지 대놓고 확인하면서 오히려 한 방 날리는 셈이다.

"어, 지금 웃으면서 저 돌려 까는 건가요? 하고 싶은 말이 있으면 정확하게 말해 주세요."
"농담도 듣는 사람이 웃으면서 받아들이지 못하면 농담이 아닌 거 알죠. 농담 말고 솔직한 마음을 얘기하는 게 저는 더 좋아요."
"어, 그런 식으로 말하는 건 좀 치사한 거 같은데. 그냥 시원하게 하고 싶은 말을 해주세요."

돌려 까기는 다른 공격에 비해 데미지가 약하다. 그러므로 누적되기 전까지는 크게 상처를 느끼지 못하기도 한다. 때문에 대수롭지 않게 여기고 내버려 두면 반복적이고 오랫동안 지속된다. 그러는 사이 상대의 공격을 깨닫기보다 '내가 정말 잘못한 건가?'라고 생각하며 문제의 원인이 나에게 있다고 여기게 된다. 이렇게 되지 않기 위해서는 돌려 까기를 내세우는 사람에겐 당신의 말이 나에게 상처를 줬으며 교묘한 돌려 까기라는 사실을 콕 집어 지적해야 한다.

모든 사람이 성숙하다면 좋겠지만 남을 깎아내림으로써 자신의 부족함을 채우려는 사람들이 많다. 이런 사람에게는 반드시 내 자존감에 상처 주지 말라고 피드백해야 한다. 인간관계는 흐르는 대로 두지 말고 주도적으로 만들어나가야 한다. 가장 나쁜 관계는 할 말도 못 하면서 관계를 끊지도 못하는 것이다.

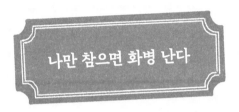

나만 참으면 화병 난다

정말 나만 참으면 문제가 해결될까?

그렇게 생각했다면 내 기분보다

상대의 기분을 더 중요하게 여긴 것이다.

직장 초년생 시절의 일이다. 아직 눈치나 센스를 배우지 못한 첫 사회생활, 억울한 일 앞에서 제대로 말도 못했던 어린 내가 있었다.

어느 날 팀원 중 한 사람이 잠시 자리를 비웠다. 입사한 지 얼마 되지 않은 나는 처음 써보는 보고서와 씨름하느라 그녀가 자리에 없는 줄도 몰랐다.

"김은영 씨 어디 갔나?"

팀장이 물었다. 그녀의 행방을 알고 있는 직원은 없는 듯했다. 얼마 후 자리로 돌아온 그녀는 말도 없이 자리를 비우면 어떡하느냐며 팀장에게 혼났다. 그런데 그녀가 맞은 화살은 뜻하지 않게 다시 나를 향했다.

"내가 창고 간다고 했는데, 팀장님한테 왜 말 안 했어?"

이게 무슨 말일까? 나는 그런 말을 들은 적이 없었다. 혹시 내가 듣고도 잊어버린 걸까 하는 생각에 아무 말도 못 하고 우물쭈물하고 있었다. 그 태도 때문에 나는 사

하찮아지느냐

수의 일정도 모르고 보고도 못 하는 무능력한 민폐 덩어리가 되어버렸다.

나중에 알고 보니 그녀가 제품을 가지러 창고에 다녀오겠다는 말을 한 것은 사실이었다. 그런데 특별히 누군가를 콕 집어 말하지 않았다. 그저 자리에서 일어나면서 알고 있으라는 듯 무심하게 흘리듯 말했다. 모니터 속 보고서에만 정신이 팔려 있던 나는 그 말을 듣지 못했다. 잘못은 팀 사람 중 아무나 전달해주겠지 하고 생각해 툭 던지 듯 말하고 자리를 비운 선배에게 있었다.

"대리님, 창고 다녀온다고 저한테 확실하게 말해주셨나요?"

"저는 들은 기억이 없습니다. 제 이름을 부르고 정확하게 말하신 건가요?"

이렇게 말했어야 했다. 하지만 아직 병아리였던 나는 '나만 참으면 돼'라는 마음에 아무런 말도 하지 못했다. 그러는 사이 다른 사람의 잘못은 내 잘못이 되고 말았다.

무언가 일이 잘못되었을 때, 안 좋은 상황에 빠졌을 때 남의 탓을 하는 사람이 있다. 그들은 '내가 실수한 것은 아닐까, 잘못한 것은 아닐까' 하는 가능성을 애초에 차단해버린다. 문제의 원인이 자신이 아닌 다른 곳에 있다고 생각하면 불안과 죄책감에서 잠깐이라도 벗어날 수 있기 때문이다. 그래서 무조건 남의 탓으로 돌리고 자신의 분노, 화, 슬픔, 불쾌 등의 감정을 표출한다. 이렇게 나의 선배처럼 자신의 잘못을 남에게 덮어씌우는 기술을 가진 사람들은 생각보다 많다.

반대로 당시의 나처럼 모든 일을 자기 탓으로 돌리는 사람도 있다. 일을 크게 만들지 않기 위해 모두 내 잘못으로 여기는 게 얼핏 보기엔 착하고 성숙해 보일지도 모르겠다. 하지만 실제로는 그렇지 않다. 분노와 불안을 자기 속에 꾹꾹 눌러놓기만 한 것에 지나지 않기 때문이다. 선배처럼 남 탓만 하고 분노를 외부로 표출하기만 하는 것도 문제지만 나처럼 내 탓만 하는 것도 문제다. 내 감정을 제대로 헤아리지 못한 상태에서 무조건 억누르면 해결되지 못한 감정은 사라지지 않고 계속 유지된다. 그 감정은 결국 나를 공격한다.

게다가 정말 나만 참으면 문제가 해결될까? 그렇게 생각했다면 내 기분보다 상대의 기분을 더 중요하게 여긴 것이다. 이런 사람은 공격의 타깃이 되기 쉽다. 특히 회사처럼 상하 관계가 존재하는 곳에서는 더욱 그렇다. 혼자 참는다는 것은 공격당해도 반격하지 않겠다고 말하는 것과 같다. 내가 내 편을 들어주지 않는데 누가 내 편을 들어주겠는가? '나만 참으면 되는 상황'이란 존재하지 않는다. "나는 가능해"라고 말하는 사람이 있다면, 그건 "나는 동네북이야"라고 말하는 것으로밖에 들리지 않는다.

"삐악삐악"밖에 할 줄 모르던 햇병아리 시절을 거쳐 누구보다 큰 소리로 꽥꽥 울부짖을 줄 아는 장닭이 된 나는 이제 혼자 참지 않는다. "자리를 비울 때는 주변 사람 아무나가 아니라 상사에게 제대로 보고하는 것이 비즈니스 매너"라고 말해준다.

다른 누군가를 위해 참는다는 것은 멋진 행동이다. 그런데 한 번의 참음은 또 다른 참음으로 연결된다. 좋은 게 좋다고 분위기를 좋게 만들어가려고 하면 겉으로는 웃을지 몰라도 속으로는 울 수밖에 없다. 내 마음과 감정까지 잃어버리면서 좋은 사람이 될 필요는 없다. 착한 사람이 되는 것은 좋지만 다른 사람보다 나에게 착한 사람이 되자.

웃으며 에둘러 돌려주기

사람들이 나를 어떻게 보고,

뭐라고 부르는지는 중요하지 않았다.

문제는 내가 그 사람들에게

뭐라고 대답하느냐는 것이었다.

"아이고, 배부르다. 아직 고기가 많이 남았네. 우리 최 대리 이거 다 먹어."

"아뇨, 저도 배가 불러서요."

"에이, 먹는 거 좋아하잖아. 우린 나이 들고 배통이 작 아져서 더 못 먹어. 지난번에 보니까 엄청 먹던데. 뭘 빼 고 그래."

아는 후배가 회식 자리에서 이런 말을 들었다고 한다. 그녀는 뭐라고 대답했을까?

후배는 한때 '맛있게, 즐겁게 먹자!'가 삶의 모토였을 만큼 먹을 걸 좋아한다. 하지만 아무거나 가리지 않고 먹지는 않는다. 음식은 좋아하는 것을 적당히 먹었을 때 가장 맛있다는 걸 알기 때문이다. 그런데 이런 후배만의 즐거움을 무시하고 자기 방식을 강요하는 사람을 종종 만날 때가 있다.

그래서 남은 고기를 어떻게 했느냐고 묻자 후배는 쓴

웃음을 지으며 말했다. 회식 때마다 음식이 남는 경우가 허다한데, 뭐가 그리 아까운지 회사에서 막내였던 시절부터 줄곧 상사들로부터 "남은 거 데가 다 먹어"라는 말을 들었다고 한다.

사회생활이 '아더매치(아니꼽고, 더럽고, 매스껍고, 치사한)'의 연속이라는 것을 아직 몰랐을 꼬맹이 시절, 후배는 밉보이기 싫어서 배부르다는 말도 못 하고 억지로 웃으며 꾸역꾸역 남은 고기를 먹었다. 그날 이후 후배는 '잘 먹는 사람'에서 '잔반 처리 담당'이 되었다.

문제는 그로 인한 자괴감이었다. 그전까지 후배는 자신의 몸을 평가한 적이 없었다. 일을 하고 사람들을 만나는 데 몸매는 전혀 관계없었고 문제가 되지도 않았기 때문이다. 그런데 남은 음식을 처리하는 걸 사람들이 당연하게 여기는 사이 후배조차 내가 뚱뚱해서 사람들이 나를 무시하는 것이라 생각하게 되었다.

그러자 스스로 존중받을 자격이 없다고 느꼈고, 기분 나쁜 일이 있어도 상대에게 제대로 표현하지 못했다. 자존감은 점점 깎여나갔고, 자괴감은 점점 쌓여갔다. 어느새 다른 사람들이 나를 존중하지 않아도 괜찮다고 여겼다. 남들과 자신을 비교할 때는 항상 자신에게 불리한

쪽으로 생각하게 됐다.

어느 날은 친구와의 만남에서 약간의 말다툼이 있었다. 분명 두 사람 모두 잘못해서 생긴 싸움인데 집으로 돌아오는 내내 친구의 잘못은 생각이 안 나고 오로지 자신의 잘못만 곱씹고 있기도 했다.

점점 자신이 통제할 수 없는 일도 무조건 내 탓으로 돌리고 있었다. 후배는 계속된 자기 비난과 자기혐오로 스스로를 깎아내리다가 자신이 곧 사라질지로 모르겠다고 생각했다. 적어도 내가 나에게 상처 주는 일은 없어야 하는데 지금 나를 가장 무시하고 있는 존재가 자신이라는 사실이 무서웠다.

원래의 자기 모습으로 돌아가고 싶었다. 후배는 먼저 '내가 완벽하지 않다는 것', 그리고 '내가 완벽할 필요는 없다는 것'을 받아들이기 위해 노력했다. 사람들이 나를 어떻게 보고, 뭐라고 부르는지는 중요하지 않았다. 문제는 내가 그 사람들에게 뭐라고 대답하느냐는 것이었다. 누군가가 나를 무시하거나 비하했을 때 그들의 말에 신경 쓰기보다 내 생각과 마음을 따라서 행동하는 게 나를 위한 방법이라고 여기기로 했다.

팀의 화합을 위한 회식 자리인 만큼 예민하게 반응하

는 것은 적절하지 않았다. 또한 상대가 내 자존감에 상
처를 주고 자괴감이 드는 말을 했다고 해서 후배 역시
상대의 자존감을 할퀼 필요는 없다고 생각했다. 그보다
는 원래의 후배 모습 그대로 웃으며 분위기 좋게 에둘러
서 돌려주기로 했다.

그리고 회식 날이 돌아왔다. 늘 그렇듯이 남은 음식
을 권하는 팀장에게 후배는 이렇게 말했다.

"에이, 팀장님. 제가 먹을 걸 좋아하긴 해도 입이 얼마
나 고급인데요. 저는 찌끄래기는 취급 안 합니다. 대신
팀장님께서 저에게 맛있는 걸 그렇게 먹이고 싶으시면
여기서 제일 비싼 고기로 1인분만 시켜주세요. 그럼 제
가 비록 배는 부르지만 세상에서 제일 맛있게 먹겠습니
다!"

후배의 대답을 들은 팀장은 호쾌하게 웃으며 얼마든
지 좋다며 후배에게만 특별히 메뉴를 추가로 시킬 수 있
는 권한을 주겠노라 했다. 후배는 그동안 팀장이 자신을
의도적으로 비하한 것이 아님을, 그러니 스스로를 보잘
것없는 사람으로 여기지 않아도 됨을 확인하게 됐다.

후배는 더 생글생글 웃으며 "지금은 너무 배가 불러서 오늘 주신 메뉴 추가 선택권은 다음 회식 때 쓰겠습니다. 그리고 앞으로는 이렇게 고급 음식만 추가로 받습니다. 잘 먹겠습니다!"라고 말했다.

현실에 구원자 따위는 존재하지 않는다

드라마나 영화였다면 구원자가 등장해

모든 상황을 멋지게 해결해주겠지만

우리는 현실을 살고 있다.

"아니, 밥 먹고 정리하라니까 말 안 듣고 정리하러 갔나 보네. 하여간 일 못하는 것들이 꼭 티를 내요."

행사가 끝나고 노트북과 강연 자료를 정리하는 중에 누군가 투덜거리는 소리가 들렸다. 슬쩍 고개를 들어 보니 지난 행사에서 끝나자마자 뒷정리를 하지 않는다며 같이 일하던 직원에게 호통치던 사람이었다.

"배고픈데 밥을 혼자 먹으라는 거야, 뭐야"라며 짜증 내는 그가 얼마나 꼴도 보기 싫던지. 자기 푸념 좀 들어 달라는 듯 슬금슬금 내 쪽으로 오는 그 사람을 못 본 척하며 잽싸게 행사장을 빠져나왔다.

어쩌다 보니 강연이나 기업 행사가 있을 때마다 종종 마주치는 그 사람과 그의 부사수의 관계는 보기만 해도 숨 막힐 지경이었다. 내 눈에 그의 부사수는 누구보다 최선을 다해 성실히 일하는 것처럼 보였다. 그런데 그는 사사건건 혼을 내거나 트집을 잡았다. 이날은 밥을 먹기 전에 행사장을 정리했다는 이유로 화를 냈다. 하지만 지난 행사 때만 해도 정리가 완전히 끝나지도 않았는데 밥을 먹으러 갔다고 큰 소리를 내며 화를 냈다. 아무리 일을 잘하는 사람이 와도 절대 그의 눈에 차지 않을 것이었다.

한 달쯤 뒤, 우리는 다시 행사장에서 마주쳤다. 그날은 부사수의 얼굴이 웬일인지 밝아 보였다. "오늘 기분 좋은 일 있으신가 봐요?" 하고 물어보니 딱히 그런 건 아니라며 수줍게 웃는 모습에 나까지 기분 좋았다. 그런데 화만 내던 상사가 보이지 않아 슬쩍 물어보니 휴가를 내서 다른 직원과 같이 왔다고 했다. 부사수의 표정이 밝아 보였던 이유를 그제야 알게 됐다.

강연이 끝나고 내 물건을 정리하고 보니 부사수 쪽 정리가 아직 한참 남은 듯했다. 예상보다 강연을 일찍 마치기도 했고 그간 알게 모르게 도움받은 일도 많아 그날은 나도 같이 정리를 도왔다.

고맙다며 차를 사겠다는 부사수와 함께 카페로 갔다. 평소 강연하는 걸 보면서 상담을 받고 싶었는데 좀처럼 친해질 기회가 없어서 아쉬웠다는 부사수는 조심스럽게 자기 이야기를 꺼냈다.

"대표님이 보시기에도 제가 그렇게 일을 못 하는 것 같나요? 저는 뭘 해도 혼나는데 처음에는 제가 부족한 건가 싶어서 더 열심히 했거든요. 그래도 혼나는 건 마찬가지라서 어떻게 해야 좋을지 모르겠더라구요. 얼마 전에는 너무 스트레스를 받아서 그런지 저를 부르는 목소리만 들려도 손이 바들바들 떨리고 한 공간에 같이 있기가 죽도록 싫었어요. 지금까지는 어떻게든 참아보자고 생각했는데 오늘 보니까 목 끝까지 차올랐던 인내심이 터진 거 같아요. 저는 평소와 똑같았는데 다른 상사랑 일하면서 한 번도 혼나거나 큰 소리를 듣지 않았어요. 그래서 그런지 일도 너무 재미있었어요. 이 일을 계속하고 싶은데 제가 어떻게 해야 좋을지 모르겠어요."

사실 제3자의 입장에서 봐도 그 상사의 행동은 심각했다. 그는 업무와 상관없이 부사수의 자존감을 짓밟고 있었다. 그렇다고 주제넘게 참견할 수도 없고 내가 모르는 속사정이 있을 수도 있었다. 만일 부사수가 나에게 손을 내민다면 기꺼이 내 경험을 말해주고 도울 방법을 찾았겠지만 먼저 나섰다가는 긁어 부스럼을 만들 것 같아 가만히 지켜보는 중이었다.

드라마나 영화였다면 이럴 때 구원자가 등장해 모든 상황을 멋지게 해결해주겠지만 우리는 현실을 살고 있다. 현실에 구원자 따위는 존재하지 않는다. 간혹 구원자가 등장하는가 싶어도 결국에는 상황을 더 복잡하고 어렵게 만들 뿐이다.

나는 부사수에게 이 문제를 해결할 수 있는 사람은 단 한 명이라고 말했다. 이 상황이 누구보다 괴롭고 힘든 나 자신. 내가 스스로를 지킬 수 있을 때 상황은 바뀌기 시작한다. 그러니 아주 작은 변화부터 시도해 보호막을 쳐 나가라고 했다. 나를 지켜줄 보호막이 아주 단단해질 때까지 중간에 포기해서는 안 된다.

상사의 갑질에 잔뜩 움츠러든 상황에서 어떻게 보호막을 세울 수 있을까? 나는 상사가 상처 주는 말을 할 때마다 지금까지와는 다른 반응을 보이라고 말했다. 지금껏 폭언을 그냥 참고 있었다면 앞으로는 듣기 싫다는 표현을 하는 것이다. 어차피 이 관계의 종료는 퇴사다. 하지만 상사와의 관계만 빼면 일 자체는 너무도 재미있다고 했다. 그렇다면 무서울 게 무엇이 있겠나.

지금 손에 쥔 패는 두 개다. 지금처럼 상사의 폭언을

묵묵히 참고 일하는 것과 참지 못하고 퇴사하는 것. 하지만 숨은 패가 하나 더 있었다. 폭언을 참지 않고 일일이 대응하면서 참지 않고 일하는 것. 세 개 모두 선뜻 꺼내기 어려운 패다. 여기서 생각해야 할 것은 전부 과정이 쉽지 않은 패라면 결말이 가장 좋은 패를 선택하자는 것이다. 부사수의 경우 앞의 두 개보다는 숨어 있던 하나가 바로 꺼내야 할 패다.

"밥 먹고 정리하자니까 왜 이제 와? 내 말이 말 같지 않아?"

상사가 이렇게 폭언을 퍼붓는 이유는 만만하기 때문이다. 소리 지르고 괴롭혀도 된다고 생각하는 것이다. 이럴 때는 내가 피해자라는 것을 확실하게 밝혀야 한다.

"제가 밥 먹기 전에 먼저 정리한 게 그렇게 화를 내실 일인가요?"

상사가 큰 소리로 화를 내는 게 정당하지 않다는 것을 알려주는 것이다. 주변에 사람이 있다면 그들을 끌어들여 내가 왜 피해자가 되어야 하는지 이해할 수 없다는 것을 콕 집어 보여주는 것도 좋다.

 "지금 저한테 소리 지르신 거예요?"
 "제가 밥부터 먹지 않고 정리한 것 때문에 이렇게 소리 지르고 화내시는 건 아니라고 생각합니다."

 이런 말을 주변 사람들이 다 들을 정도로 크고 또렷하게 말한다. 그 순간 상사의 갑질은 두 사람만의 문제가 아니라 그곳에서 대화를 들은 사람 모두의 문제가 된다. 사람들의 관심이 주목되면 누가 봐도 치졸한 행동을 하기 어려워진다. 자신이 화를 내는 이유가 고작 '밥 먹기 전에 정리를 했다'라는 사실이 떳떳하지 않은 것을 상사를 포함한 모든 사람이 알기 때문이다.
 내가 존중받지 못할 때는 반드시 그것이 부당하다는 것을 알려줘야 한다. 내가 어떤 입장인지는 문제가 되지 않는다. 상사든 부하든, 선생이든 학생이든, 부모든 자식이든 자존감을 지키고 존중받아야 한다. 특히 명확한 이유도 없이 공격받는다면 두 사람의 관계에서 나는 당신의 샌드백이 아니라는 것을 확인시킬 필요가 있다.

하찮아지느냐

"제가 잘못한 게 없다고 생각하는데 너무 크게 윽박질러서 상처받았습니다."

"저는 팀장님 미워하고 싶지 않아요. 그러니까 그렇게 소리 지르고 폭언은 하지 말아주세요."

이 말들은 더 이상 분노와 폭언을 받아주지 않겠다는 뜻인 동시에 그럼에도 나는 당신처럼 굴지 않겠다는 것을 보여준다. 당신을 공격할 생각이 없다는 의사를 전달한 것이기 때문이다. 다만 당신이 불처럼 화를 내는 감정을 무기로 내세워 공격한다면, 나는 냉정하고 차가운 이성적인 말을 무기 삼아 대응하겠다는 의미다.

사람 때문에 힘들다면 그들에게 나를 좀 더 표현해도 된다. 아니 그렇게 해야 한다. 자기 마음을 드러내는 게 익숙하지 않은 이들에게는 불안한 일이겠지만, 결국 건강하고 온건한 방법으로 감정을 드러내야 내가 나를 구할 수 있다. 감정은 철저하게 숨기고 은폐하려 할수록 내 마음속에 더욱 고이고 모이면서 썩어버린다. 이렇게 썩어버린 고인 물은 내 자존감을 낮추고 나를 더욱 괴롭힐 뿐이다.

권력이 한쪽에 일방적으로 쏠려 있는 관계는 유지되

기 어렵다. 관계의 균형을 잡아 나가기 위해서는 어느 한 쪽이 압도적으로 세지 않다는 사실을 끊임없이 확인해야 한다. 상사의 폭언을 견디지 못해 그만두겠다고 말하면 가장 곤란한 사람은 상사다. 상사에게 요구되는 조건 중 하나는 부하가 따르도록 만드는 리더십이다. 그것을 스스로 부수고 있는 셈이다. 그러니 구원자 따위는 존재하지 않는 현실에 쫄지 말고 할 말을 하자.

내가 줄 수 있는 건
호의지 권리가 아니다

"호의가 계속되면 그게 권리인 줄 알아요.

상대방 기분 맞춰주다 보면 우리가 일을 못 한다고,

알았어요?"

운전 중 갑자기 자동차 한 대가 끼어들어 사고가 날 뻔했다. 잔뜩 화가 난 상황에서 마침 신호에 걸렸다. 자동차에서 내려 앞차로 걸어가 운전자를 확인했다.

1번 - 운전석에는 여성이 앉아 있었다.
2번 - 운전석에는 노인이 앉아 있었다.
3번 - 운전석에는 남성이 앉아 있었다.
4번 - 운전석에는 문신을 한 우락부락한 남성이 앉아 있었다.

이들 중 누가 운전석에 앉아 있느냐에 따라 생겨나는 감정과 행동이 달라진다. 1번과 2번의 상황이라면 상당히 화를 냈을 것이고, 3번은 화를 내긴 하지만 상대적으로 분노의 정도가 작을 것이다. 마지막 4번의 상황이라면 소심하게 조심하라는 한마디를 하거나 화를 내지도 못하고 쭈뼛쭈뼛 자신의 자동차로 돌아갈 가능성이

크다.

실제로 한 방송국 프로그램에서 경차에 탄 운전자가 문신처럼 보이는 토시를 착용하고 팔을 차창 밖으로 내민 채 파란색 신호에도 출발하지 않고 정차했을 때 뒤차의 반응을 살피는 실험을 했다.

우리나라 운전자들은 툭하면 경적을 울리는 성향이 강하다. 길거리나 도로에서 자동차 경적을 듣는 일은 너무도 흔하다. 하지만 이 실험 속 운전자는 앞차를 향해 경적을 울리지 않았다. 오히려 슬금슬금 앞으로 다가가 문신을 확인했다. 평소처럼 경적을 울리면서 화를 내고 싶지만 문신 때문에 그러지 못한 운전자는 답답한 마음에 담배를 태우기도 했다. 만일 앞에 선 경차 운전자가 문신을 한 건장한 남성이 아니라 만만한 상대로 보이는 사람이었다면 뒤차의 운전자는 똑같이 경적도 울리지 못한 채 애꿎은 담배만 태웠을까?

화가 났을 때 화를 내는 사람과 화를 내지 않는 사람의 결정적인 차이는 위험하다는 공포감이다. 자신이 위험하지 않다고 느끼는 상황에서는 쉽게 화를 내지만 반대로 공포를 느끼면 쉽게 분노하지 않는 것은 인간의 본능적인 특성이다. 즉 아무 때나 화를 내는 것이 아니고 화를 낼 만한 상황에서만 화를 낸다. 자신보다 강한 상대에게는 약하고(화는 내지 못하고), 약한 상대에게는 강한(화는 내는) 인간의 '강약약강'을 가장 잘 확인할 수 있는 것이 바로 '분노'다. 만일 나에게 자주 화를 내는 사람이 있다면 상대는 나를 만만하게 여기는 것이다. 그럼에도 불쑥 화를 내고 '친하니까', '편하니까'라는 이유를 들어 자신의 잘못을 슬쩍 모면하려는 사람들이 많다. 만만함을 친밀함이라고 착각해서는 안 된다.

영화 〈부당 거래〉가 우리에게 남긴 명언이 있다.

"호의가 계속되면 그게 권리인 줄 알아요. 상대방 기분 맞춰주다 보면 우리가 일을 못 한다고, 알았어요?"

누군가가 나를 만만한 사람으로 볼 때, 강약약강의 전형적인 모습으로 툭하면 화를 낼 때 우물쭈물하거나 무조건 받아줘서는 안 된다. 내가 당신에게 줄 수 있는 건 '호의'지 '권리'가 아니라는 것을 확실하게 보여줄 필요가 있다.

다만 무작정 화를 내기보다 단계적으로 반응하는 것

이 좋다. 첫 번째 단계는 무반응이다. 상대가 내 의견을 무시하거나 심한 말을 할 때 '아, 그런가' 하고 인정한다면 상대는 자신의 행동이 정당하다고 생각한다. 더욱 화를 내거나 다음에 비슷한 상황이 생겼을 때 거리낌 없이 화를 낸다. 반면 상대가 눈치챌 정도로 굳은 표정을 짓고, 아무 말도 하지 않으면서 상대의 눈을 가만히 바라본다면 결과는 달라진다. 상대는 자신의 말이나 행동이 어딘가 잘못되었다고 생각해 상황을 수습하려 한다. 상대가 먼저 잘못을 인정하는 말을 하거나 당황하는 모습으로 미안해할 때까지 무반응을 보이자.

이럴 때 왜 아무 말이 없느냐며 오히려 다그치거나 더 크게 공격한다면 두 번째 단계로 넘어간다. 무반응이 통하지 않는 상대는 상당히 이기적이고 자신의 권력이 절대적이라고 생각하는 사람이다. 이럴 때는 상대가 나를 공격하면서 한 말을 되묻는다. 나에게 상처 주는 말을 했다면 그 말이 무슨 뜻인지 되묻는다. 나를 무시하는 말을 했다면 그 말이 무슨 뜻인지 되묻는다.

"제가 이럴 줄 알았다는 게 무슨 뜻이죠?"
"그것밖에 안 된다는 게 무슨 뜻이죠?"

상대의 말과 표현을 그대로 되물어 상대에게 돌려주자. 물음에 대답하는 과정에서 상대는 자신의 잘못을 깨닫고 독기를 뺄 것이다. 그때 명확하게 핵심을 담은 말을 다시 건넨다. 무엇이 나에게 상처를 주었는지, 나를 화나게 했는지를 단순하면서도 확실하게 말하는 것이다.

우리를 공격하는 사람들은 자신이 쉽게 이길 것 같다는 판단이 드는 상대만 겨냥한 것이다. 싸우지 않고서도 승리할 수 있다고 생각한 것이다. 이들의 먹잇감이 되지 않으려면 나도 싸울 줄 안다는 것을 보여줄 필요가 있다. 신경에 거슬리는 말은 무시할 수 있고, 부주의하게 내뱉은 말은 그대로 되돌려줄 줄도 알며, 내 생각과 의견을 단호하게 주장할 수 있는 당당하고 자신감 있는 사람이라는 것을 각인시키는 것이다.

하고 싶은 말을 하는 법은 간단하다

불안 수준이 높은 상태에서는

매우 사소한 자극에도 깜짝 놀라거나

머릿속이 새하얘지고

아무것도 보이지 않고 들리지 않는

예민한 반응을 하게 된다.

"드디어 성공했어요! 시어머니한테 말했더니 앞으로는 조심하겠대요."

상기된 목소리로 성공을 알리는 그녀는 누구보다 기쁜 것 같았다. 결혼 15년 차인 그녀는 소리 지르며 말하는 시어머니 때문에 스트레스가 이만저만이 아니었다. 결혼 전까지만 해도 큰 소리에 예민하거나 놀라는 일이 거의 없었다. 그런데 그녀의 시어머니는 툭하면 큰 소리를 치거나 윽박지르는 성격이었다. 남편과 시댁 식구들은 시어머니가 소리를 질러도 다들 모르는 척 무시할 뿐이었다.

소리 지르듯 말하는 시어머니를 만나고부터 그녀는 어디선가 큰 소리만 들려도 갑자기 심장 박동이 빨라지고 머릿속이 하얘지고는 했다. 그러다 보니 시가에 가야 하는 명절이나 집안 행사가 있는 날이면 출발하기 전부터 가슴이 두근거렸다. 자신만 보면 큰 소리를 지르는 시어머니가 두려워 별것 아닌 말도 자꾸만 헛나왔다. 결국 그녀는 가급적이면 말을 하지 않았고 나중에는 시어머니의 눈도 제대로 쳐다보지 못하게 됐다. 꼭 해야 하는 말은 남편을 통해서 전달했다. 그런 이유로 나를 찾아온 그녀에게 감정조절 워크숍을 제안했다. 워크숍에서 우리는 그녀가 시어머니에게 소리 지르지 말아 달라고 요구할 방법을 연구했다.

얼마 후 지방에서 올라온 시어머니는 서울역에 도착하자마자 그녀에게 전화를 걸어 소리 질렀다.

"야, 너는 시애미가 서울에 올라오면 모시러 와야지. 며느리가 뭐 하는 거냐! 내가 너한테 이렇게 꼭 전화를 해야 하냐? 어떻게 된 게 제대로 하는 게 하나도 없냐."

고래고래 소리를 지르면서 온갖 짜증을 내는 시어머니에게 말했다.

"어머니, 소리 지르지 마시고 조용히 얘기해주세요."

"뭐, 너 지금 뭐라고 했냐?"

"어머니가 소리 지를 때마다 가슴이 뛰고 숨을 못 쉬겠어요. 그런데도 어머니가 계속 큰 소리만 치시니까 뭐라고 하는지 잘 안 들리고 제가 뭘 어떻게 해야 할지 모르겠어요. 저 귀 잘 들려요. 그러니까 소리 지르지 말고 조용히 얘기해주세요."

"얘는 내가 언제 소리를 질렀다고 그러니?"

수화기 너머로 들리는 시어머니의 목소리는 확실히 작아졌고 당황한 기색이 역력했다. 그러자 그녀는 다음 말을 이어갈 수 있을 것 같은 자신감을 느꼈다.

"그리고 제가 어제 서울역에 마중 못 간다고 말씀드렸잖아요. 남편이 말할 때는 알겠다고 하셨으면서 왜 저한테 소리를 지르세요. 저 지금 회사라서 서울역으로 어머니 마중 못 나가요. 택시 타고 저희 집으로 가시던가 아니면 아범한테 전화해서 데리러 오라고 하세요."

"참나, 그래 알았다."

그녀는 시어머니와의 통화가 평소 자신을 하대하고 막 대하던 태도가 아니었다면서 결혼 15년 만에 처음으로 조용히 말하는 것을 들었다고 했다. 드디어 시어머니의 큰 소리와 폭언을 멈추게 된 것 같아 감사 인사를 하려 전화를 건 것이다.

그녀가 시어머니에게 "소리 지르지 말고 조용히 얘기해주세요"라는 말을 입 밖으로 꺼내기까지는 꽤 오랜 시간이 걸렸다. 하지만 이대로 지낼 수는 없다고 결심한 날로부터는 한 달도 채 걸리지 않았다. 시어머니에게 꼼짝 못 하던 그녀는 어떻게 할 말은 할 줄 아는 며느리가 됐을까?

불안 수준이 높은 상태에서는 매우 사소한 자극에도 깜짝 놀라거나 머릿속이 새하얘지고 아무것도 보이지 않고 들리지 않는 예민한 반응을 하게 된다. 이런 상황이 계속되면 외상 후 스트레스 장애(PTSD)라는 진단을 받기도 한다. 그녀는 감정 조절 워크숍에서 자신의 기분을 표현하기 위한 이론을 배우고 심리 치료도 받았다.

하지만 가장 강조했던 훈련은 상대에게 하고 싶었던 말을 직접 표현하는 것이었다. 우선 평소 시어머니에게 하고 싶은 말과 자신이 원하는 것을 직접 적게 했다. 그 다음에는 벽을 보고 그 내용을 말로 소리 내서 하도록 연습했다. 벽에 대고 말하는 게 익숙해지면 거울을 보고 하도록 한다. 마지막에는 짝꿍을 정해주고 상대라고 생각하고 말하는 연습을 한다. 이때 상대에 대한 두려움과 자신을 압도하는 에너지가 클수록 쉽게 말을 꺼내지 못한다. 심할 경우 트라우마 치료를 받은 다음 다시 연습을 시작하기도 한다.

그녀는 이 과정을 모두 끝내고 소리 지르는 시어머니

에게 직접 하고 싶은 말을 한 것이다. 그 소식에 너무 기뻐서 내가 더 크게 환호했을 정도였다. 그만큼 엄청난 일을 성공한 것과 다름없다.

비결은 반복 그리고 또 반복이었지만 결코 쉬운 행동이 아니었다. 커뮤니케이션 전문가인 윌리엄 하월(William Howell)은 한 분야에 능숙해지기 위해서는 무려 4단계의 과정을 거쳐야 한다고 말했다.[1]

1단계는 '무의식적 무능' 상태다. 이때는 능숙함에 대한 필요성을 못 느끼거나 한 번도 생각해보지 않은 상태다. 관심이 없기 때문에 자신이 그 능력을 필요로 하지 않으며 자신이 그 능력을 갖추지 못했다는 것도 알지 못한다. 자동차 운전을 예로 들자면 회사 근처에 살아 운전할 필요조차 느끼지 못하는 상황이라고 할 수 있다.

앞서 이야기한 그녀의 경우 툭하면 소리 지르는 시어머니의 존재를 몰랐던 시절에 해당한다. 결혼하기 전까지 소리 지르는 시어머니가 어려워 말 한마디 못하게

1) Howell. W.S. (1982). The empathic communicator. University of Minnesota: Wadsworth Publishing Company

될 줄 몰랐을 것이다. 우리 역시 자신이 무엇을 못 하는지 모르면 무엇을 배워야 할지도 모른다.

2단계는 '의식적 무능' 상태다. 새로운 상황에서 벽에 부딪히게 되면서 드디어 어떤 능력에 관해 필요성을 느끼는 단계다. 능력을 갖고 싶지만 아직은 그렇지 못하다는 것을 동시에 깨닫는다. 출퇴근 거리가 늘어났거나 대중교통이 잘 다니지 않는 곳으로 이사를 가 운전을 해야 하는데 아직 운전면허를 따지 못한 상황이라 하겠다.

그녀의 경우 시어머니가 자신에게 소리 지르는 갈등을 해결하고 싶지만 어떻게 대처해야 좋을지 몰라 좌절하는 상황이다.

3단계는 '의식적 능력' 상태다. 자신에게 필요한 것이 무엇인지 확인하고 배움과 훈련을 통해 자신이 원하는 능력을 갖추는 과정이다. 다만 완전히 익숙하거나 숙달된 것이 아니라 의식적인 생각을 통해서만 원하는 행동이 가능하다. 즉 의식할 때만 능력이 생기는 단계다. 운전면허증을 땄지만 아직 초보운전이라 차선 바꾸는 것도 쉽지 않은 상태다. 여러 번 차선 바꾸기를 시도한 끝에 옆 차선으로 옮기는 것을 성공하는 것과 같다.

그녀의 경우는 시어머니가 자꾸 소리를 지르는 이유

를 찾아보려 노력했다. 혹시나 자신이 잘못한 것이 있는지 아니면 맘에 안 드는 부분이 있는지 알아봤지만 딱히 원인을 찾지 못했다. 결국 그녀는 시어머니가 큰 소리를 묵묵히 받아주는 자신을 만만하게 여긴다고 결론 내렸다. 그리고 자신이 달라지지 않으면 두 사람의 관계가 좋아질 수 없고 이 상황이 계속될 것임을 깨달았다. 그리하여 감정 조절 워크숍에 참가해 자신이 하고 싶은 말을 적고 직접 표현하는 연습을 했다. 그렇게 조금씩 성공 경험을 쌓기 시작했다.

4단계는 '무의식적 능력' 상태다. 의식하거나 따로 노력하지 않아도 능력을 발휘할 수 있는 단계다. 운전 중이라는 긴장감을 의식하지 않아도 쉽게 차선을 바꾸고 적절한 속도를 유지할 수도 있다. 그리고 조수석에 앉은 사람과 대화를 하면서 운전하는 여유를 보여주기도 한다.

그녀의 경우 시어머니에게 자신의 감정을 계속해서 표현하는 데 익숙해지면, 불편한 일이나 나를 상처 주는 것을 그냥 넘어가지 않고 할 말은 하는 경지에 오르게 될 것이다. 이로 인한 시어머니의 변화를 확인한다면 자신이 웃으며 대할 수 있는 사람을 스스로 선택하고 관계를 맺을 정도로 발전할 수 있다.

4단계의 능숙함을 얻기 위해서는 반복 또 반복해야 한다. 그 과정에서 우리 뇌는 상황을 파악하는 회로, 전략을 세우는 회로, 그리고 실행하는 회로를 점점 견고하게 만든다. 하고 싶은 말이 생기는 상황을 파악하고, 내가 해야 할 말을 정리하고, 그것을 상대에게 정확하게 전달하는 나만의 방송국을 만들고 싶다면 두려워하지 말고 표현하고 또 표현하자.

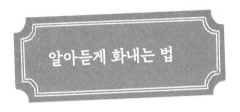

알아듣게 화내는 법

내가 만만한 상대가 아니라는 것을 보여주는 동시에

진실을 말할 한 번의 기회를 주는 것.

한때 친하게 지냈던 지인이 있었다. 관심 분야가 비슷하고 말도 잘 통해 자주 만나곤 했다. 그런데 우리가 소소하게 주고받은 대화가 왜곡되어 다른 사람에게 전달된다는 사실을 알게 됐다.

그녀와 나는 주로 심리학에 관해 이야기를 나눴는데 주로 그녀가 궁금한 것을 물으면 내가 대답해주는 방식이었다.

"심리학으로 볼 때 진성 씨는 어떤 사람이야?"

"그 친구는 성격심리학으로 보면 유쾌함이 강점이에요. 재미를 추구하고 사람들과 대화를 하는 것도 좋아하죠. 우리가 다 같이 모였을 때 분위기 메이커 역할을 하기도 하고요."

"나도 유쾌한 편이라는 말을 자주 듣는데. 이런 성격이 조심해야 할 게 있어?"

"음, 유쾌한 사람들은 농담으로 화기애애한 분위기를 잘 만드는데 그러다 보니 자신이 한 말을 까먹는 경우가 종종 있어요. 그래서 가벼운 성격이라는 오해를 받기도 해요."

이런 말들이 어느 순간 다른 내용으로 둔갑해 당사자의 귀에 들어가 있었다.

"희연이가 진성이는 좀 가벼운 성격인 것 같다고 하더라?"

이렇게 완벽히 왜곡된 말을 전달해 나와 진성 씨의 관계에 금이 갔다. 이 사실을 알게 된 후 최근 몇 년 사이 가장 큰 분노가 치솟았다. 당장이라도 만나서 무슨 말이라도 퍼붓고 싶었지만 그러지 않았다. 우선 마음을 다스리면서 분노를 식히기로 했다. 3주 정도 지나니 그 사람의 얼굴을 마주 봐도 화를 내지 않을 수 있겠다는 생각이 들었다.

"언니, 잘 지내셨죠? 우리 차 한잔해요."

그녀를 만나 별일 아닌 척 물었다.

"언니, 혹시 제가 언니한테 진성 씨 성격이 가볍다는 말을 한 적이 있나요?"

"아니? 희연 씨가 그런 말을 했던가?"

"언니가 진성 씨한테 그렇게 말했다고 들었어요. 왜

하찮아지느니

그런 말을 하신 거에요?"

"내가? 나는 진성이한테 희연 씨 애기 꺼낸 적도 없어. 잘못 안 거겠지."

지난 3주간 나는 이 일이 오해라면 풀고, 그렇지 않다면 그녀와의 관계를 끊기로 결정했다.

"그럼 진성 씨한테 지금 연락해 볼게요. 오해라면 풀고 싶어서 그래요."

깜짝 놀란 그녀가 "아니, 그게 아니고…"라며 말을 얼버무렸다. 나는 그제야 대체 왜 그랬냐며 화를 냈다. 이제까지와는 다르게 목소리를 키우고 의도적으로 표정을 구겼다.

"미안해."

드디어 그녀가 사과했다. 그녀가 나에 대해 안 좋은 말을 하고 다닌 것은 내 주변 사람들로부터 나를 고립시키기 위함이었다. 그래야 내가 그녀하고만 친하게 지낼 수 있다고 생각했다는 것이다. 나는 그녀에게 다시는 볼 일이 없을 것이라 말하고 돌아섰다.

평소의 나였다면 그녀를 보자마자 큰 소리로 화를 냈을 것이다. 하지만 그녀는 잘못을 추궁하는 나에게 변명과 발뺌으로 대응할 게 뻔했다. 그리고 화가 난 상태에서는 나도 감정 조절이 어려워 그녀의 반응을 살피기도 어려울 것 같았다. 우선은 그녀에게 내가 화가 나지 않았다는 것을 보여주고 자초지종을 설명하도록 유도했다. 그다음 어느 정도 상황이 정리되면 그녀를 압박하기로 했다.

스탠퍼드 대학교의 라리사 티덴스(Larissa Tiedens) 교수는 어떤 문제를 두고 한쪽이 노골적으로 분노나 불쾌함을 표현하면 상대는 두려움과 위험을 느껴 인지 활동이 떨어진다고 말했다. 또한 공격받았다고 느껴 똑같이 화를 낼 가능성이 크다고 경고했다. 이 경우 오히려 문제가 심각해질 가능성이 높다는 것이다. 그러니 무조건 화를 내기보다 감정을 억누르고 자신 있게 상황을 정리한 다음 '왜'를 날리는 것이 효과적이다. 이는 내가 만만한 상대가 아니라는 것을 보여주는 동시에 진실을 말할 한 번의 기회를 주는 것이다.

그럼에도 문제가 해결되지 않으면 이때 화를 내면 된다. 목소리와 표정에서 분명히 화가 났으며 당신의 잘못을 알고 있다는 것을 보여준다. 언제나 웃으며 좋게 말하는 것이 정답은 아니다. 그렇다고 무작정 화를 내는 것도 좋은 방법은 아니다. 화가 많이 날 때는 어떠한 판단을 너무 믿지 않는 것이 낫다. 분노에 휩싸여 있을 때는 문제의 부정적인 측면을 강조해 현실적인 평가를 내리기 어렵다. 화는 자신에게 이득이 되는 방법으로 표현해야 한다. 그러니 무작정 화를 내기보다 그 과정이 장기적으로 나에게 도움이 되는 일인지 고민한다.

(2부)

하찮아지느니
불편한 사람이 되는 게 낫다

내게 유해한 사람

"생각보다 너는 괜찮은 사람이었는데

내가 너무 무시했던 거 같아.

지금까지 잘해줬고, 수고했다.

너가 나여서 너무 좋아."

얼마 전 친구의 회사에 신입이 들어왔다. 일도 잘하고 금세 적응해 팀원들과도 잘 지냈다. 그런데 팀장은 신입사원을 마음에 들어 하지 않았다. 보통 신입사원은 눈치도 보고 하늘 같은 선배들 사이에서 주눅도 들어야 하는데 그러지 않는다는 게 이유였다. 팀장은 자신이 생각하는 이상적인(그러나 매우 잘못된) 신입직원의 모습을 꼭 봐야겠다며 일부러 화를 내고 사사건건 트집을 잡기 시작했다. 그래야 기를 꺾을 수 있다며 말이다.

"아니, 아직도 준비 안 됐어? 대체 제대로 하는 게 뭐야!"

어느 날 팀장이 소리 지르며 신입직원에게 서류를 던졌다. 사무실에서 일하던 직원들이 깜짝 놀라 쳐다볼 정도의 고함이었다. 모두가 숨죽여 지켜보는 가운데 신입은 꿈쩍도 하지 않고 가만히 서 있기만 했다. "죄송합니다"라며 고개를 숙이거나, 바닥에 흩뿌려진 서류를 줍거나, 울면서 뛰쳐나가거나. 이 중 하나의 반응을 기대했던

하찮아지느니

팀장은 망부석이 된 신입에게 다시 소리쳤다.

"아니 뭘 잘했다고 가만히 있어? 서류 빨리 치우고 내가 시킨 기획안 안 가져와? 일하라고 뽑았더니 이건 뭐 할 줄 아는 것도 없고. 입만 벌리고 떠먹여 달라고 난리네. 신입이면 신입다운 맛이 있던가. 어디서 지 잘난 것만 아는 게 들어와가지고. 어휴, 혈압 올라."

그러자 신입은 조용히 자리로 돌아가 컴퓨터를 껐다. 지금 뭐 하는 짓이냐며 난리 치는 팀장의 말은 들리지도 않는다는 듯 자기 짐을 챙긴 다음 짧은 목례를 하고 사무실을 나섰다. 일단 이야기 좀 하자는 팀원들의 만류도 뿌리치고 가버린 것이다. 그날은 하루 종일 연락이 되지 않았고 다음날 선배와의 통화에서 신입은 이렇게 말했다.

"제가 그런 모멸감을 느껴야 할 이유는 없습니다. 퇴사하겠습니다."

"라떼는 말이야, 팀장 앞에선 고개도 똑바로 못 들었어"라며 신입의 기를 꺾으려던 팀장은 당황했다. 고분고분한 신입의 모습을 기대했는데 퇴사하겠다는 말을 들을 줄 몰랐던 것이다. 안절부절못하며 팀원들을 닦달해 책임지고 신입을 다시 출근시키라고 했지만 신입은 끝내 퇴사 절차를 밟았다. 콕 집어 '팀장의 인격 모독'을 퇴사 사유로 한 사직서를 올리면서 말이다.

결국 상황을 파악한 인사팀은 팀장을 호출했다. 인생 선배로서 회사 생활에 관해 조언한 것뿐이라고 변명했지만 결국 팀장은 관리 능력 부족으로 승진에서 떨어졌다. 개별적으로 커뮤니케이션 교육까지 받았다고 한다.

친구의 이야기를 들으면서 애써 들어간 회사에서 퇴사라는 극단적인 결정을 내린 것이 안타깝긴 했지만 신입의 말대로 모멸감을 견딜 필요는 없다는 생각을 했다.

우리는 살아가면서 누군가로 인해 기뻐하고, 슬퍼하게 되는 감정의 변화를 겪는다. 나는 인간관계를 크게 '내게 무해한 사람'과 '내게 유해한 사람'으로 나눈다. 그리고 유해한 사람을 특별히 경계한다. 유해한 사람은 다른 사람의 의견에 귀 기울이거나, 노력을 인정해 주는 법이 없다. 설령 자신이 틀렸다고 해도 절대 인정하지 않는다. 오히려 역으로 화를 내서 내 존재를 우습게 만든다. 신입이 만난 팀장이 바로 유해한 사람이다. 이렇게 의도적으로 나에게 유해한 사람이 우리의 가장 내밀한 감정의 세계에 마음대로 들어오도록 해서는 안 된다. 유해한 사람을 내버려 두는 것은 내가 나를 무시하고 함부로 대하는 것과 같다.

2019년 연말, 시상식에서 신인상을 받은 장성규 아나운서는 이런 수상 소감을 남겼다.

"제가 사과하고 싶은 사람이 있는데 저는 장성규라는 사람을 꽤 오랫동안 하찮은 사람이라고 여겼었고 무시했던 시간이 길었습니다. 이제 와서 과거에 제가 무시했던 장성규에게 사과를 하고 싶습니다. 생각보다 너는 괜찮은 사람이었는데 내가 너무 무시했던 거 같아. 지금까지 잘해줬고, 수고했다. 너가 나여서 너무 좋아."

우리가 겪는 대부분의 고통이나 마음의 상처는 타인에게 친절할 만큼 자신에게 불친절한 데서 비롯한다. 그러나 내 마음에 상처를 주면서까지 지켜야 할 관계는 없다. 자존감을 영어로 옮기면 'self-esteem'이다. 이 단어의 본바탕을 찾아보면 '자신을 평가함'이라는 뜻을 가지고 있다. 그러니 자존감은 내가 나를 어떻게 바라보고 있는가에 대한 감각이다. 여기서 중요한 것은 '내가 나 자신을'이라는 부분이다.

　스스로를 하찮은 존재로 여기면 삶은 괴로워진다. 그뿐 아니라 나를 하찮은 존재로 여기는 사람을 내버려 둬도 삶은 고단해진다. 그러니 내게 무해한 사람과 관계를 맺고, 내게 유해한 사람에게는 경고하거나 관계를 끊어버리는 연습을 해야 한다. 내게 유해한 사람을 덜어내는 것만으로도 삶의 무게가 조금은 가벼워질 것이다.

하찮아지느니 불편한 사람이 되는 게 낫다

'나는 남이 불편할까 봐 나를 낮췄고,

붙어보기도 전에 도망치는 게 편했다.

근데 이젠 그냥 하찮아지느니

불편한 사람이 돼 보기로 했다.'

드라마 <동백꽃 필 무렵>은 어린 시절 엄마에게 버림받고 외롭게 자라온 동백이의 이야기다. 홀로 아들 필구를 키우기 위해 고향 옹산으로 내려간 동백은 '까멜리아'라는 두루치기 집을 연다. 여자 혼자 아이를 키운다며 쑥덕거리는 동네 사람들, 술 한 잔 따라보라며 주접 떠는 손님들, 열무 한 단도 동백에게만 비싸게 부르며 무시하는 이웃들 사이에서 동백은 고군분투한다. 얄팍한 인심에도 한마디 못하고 혼자 속앓이를 하는 동백 앞에 한 남자가 나타난다. 황용식이다.

　그는 옹산 사람 모두가 무시하고 박복하다며 혀를 끌끌 차는 동백에게 '무조건 당신이 최고다!'라며 응원을 때려 붓는다. 얄궂은 세상에 자꾸 바람이 빠지는 동백의 바퀴에 힘껏 바람을 불어 넣어주고 세상의 불친절에 쭈그러들 때마다 믿음과 응원의 다리미로 동백이를 쫙쫙 펴준다. 덕분에 동백이는 옹산에서 제일 하찮은 사람에서 조금씩 탈피하기 시작한다.

그러던 중 첫사랑이자 필구의 친아빠인 강종렬과 재회한다. 필구의 존재를 몰랐던 종렬은 뒤늦게 아들에게 관심을 보인다. 게다가 연쇄살인마 까불이가 동백이를 위협한다는 사실을 전해 듣고 옹산에서 도망칠 것을 제안한다.

　이런 순간마다 남이 불편할까봐 언제나 도망쳤던 동백의 머릿속에 세 사람이 떠올랐다.

　"도망을 왜 가. 한번 덤벼나 보지"라며 왕따 당하는 동백의 편이 돼주었던 덕순(용·식이 엄마).

　"좀 쫄지 마라. 쪼니까 만만하지"라며 늘 당당했던 동백의 엄마.

　"동백 씨, 인생 누구한테 잡혀 끌려다니는 분 아니잖아유"라며 동백이만 바라보는 용식이었다.

　이들의 말을 되짚으며 동백은 각성한다.

　'나는 남이 불편할까 봐 나를 낮췄고, 붙어보기도 전에 도망치는 게 편했다. 근데 이젠 그냥 하찮아지느니 불편한 사람이 돼 보기로 했다.'

　그러고는 종렬에게 필구를 유학 보내지도, 옹산을 떠

나지도 않을 것이라며 소리친다.

"도망치는 사람한텐 비상구는 없어. 나 다신 도망 안 가. 그러니까 니들 다, 까불지 마라."

남을 불편하게 하기 싫어 스스로 하찮은 존재가 되었던 동백은 그것이 얼마나 부질없는 것인지 깨닫고 이제부터는 참지 않기로 한다. 그러자 모든 것이 바뀌기 시작했다.

더는 우습게 보이거나 하찮아지지 않기로 선언한 직후 집으로 가던 동백은 술에 취한 취객이 두려워 지나가지 못했던 어두운 굴다리를 혼자서 걸어간다. 비틀거리며 시비를 거는 취객에게 "사람 봐가면서 까부시는 게 좋겠어요"라며 단단히 일러둔다. 예전의 동백이라면 무서움에 두 주먹 불끈 쥐고 도망쳤을 것이다.

세상에는 동백이가 너무 많다. 다른 사람의 욕망과 이익을 위해 스스로에게 함부로 대하는 사람들 말이다. 하지만 이 세상에 하찮은 존재로 태어난 사람은 없다. 자기 자신을 하찮은 사람으로 깎아내리는 사람만 있을 뿐이다.

'하찮다'의 사전적 의미는 '그다지 훌륭하지 아니하다'

또는 '대수롭지 아니하다'이다. 타인보다 자신에게 더 엄격하고 스스로에게 친절하지 않은 사람의 내면에는 '자기 비난자'가 존재한다. 이 비난자는 끊임없이 자신의 잘못된 점을 곱씹으며 자책한다. 자신을 비난하지 않으면 아무것도 변하지 않을 것이라고 생각하기 때문이다.

그러나 정신과 전문의 루이제 레더만(Luise Reddemann)은 자신의 책 《마음의 감기》에서 '비난은 변화를 일으키지 않으며, 슬픔과 괴로움을 낳을 뿐'이라고 말했다. 자기 비난이 반복되면 스스로를 낮게 평가하도록 만드는데 이것이 다른 사람에게는 만만한 사람, 함부로 대해도 괜찮은 사람이라는 사인을 보낸다. 결국 내가 나를 중요하지 않게 여기고 못마땅하다고 생각하는 순간 세상은 나를 하찮게 대하는 것이다.

'허물없는 사이니까, 편한 관계니까'라는 이유로 무시하거나 감정을 폭발시켜 함부로 대하는 사람들이 있는가? 그렇다면 그동안 자기 비난자를 키워온 것은 아닌지 확인해야 한다. 내 안의 자기 비난자를 찾았다면 두 번 생각할 필요도 없이 내쫓아야 한다. 그리고 내 안의 자기 비난자를 만만하게 여기며 함부로 선을 넘는 사람을 내버려 둬서는 안 된다. 편하니까 함부로 대해도 되는 사이보다는 차라리 불편해도 상처 주지 않고 조심스럽게 대하는 사이가 낫다.

동백이가 '박복한 여자'에서 함부로 대할 수 없는 '대단한 여자'가 된 것은 하찮아지느니 불편해지겠다는 스스로를 위한 결심을 했기 때문이다.

적을 만들지 않는다는 것

"진짜 적은 적 같은 얼굴을 하고 있지 않는 법이다."

일본 드라마 〈리갈 하이〉 속 주인공 고미카도 겐스케는 승소를 위해서라면 어떤 수단과 방법도 가리지 않는 속물 변호사다. 어느 날 그는 '희대의 악녀'라고 평가받는 안도 기와로부터 변호를 의뢰받는다. 그녀는 보험금을 노리고 남편 세 명을 연속으로 살해했다는 혐의를 받고 수감 중이다. 무죄 판결을 받게 해달라는 그녀의 재판을 수락하는 고미카도는 자신을 돕는 열혈 신참 변호사 마유즈미 마치코와 함께 법정을 휩쓸고 다닌다.

그렇게 당당하게 나선 법정에서 만난 상대는 자신에게 유일하게 패배를 안겨준 다이고 검사. 1심 결과는 안도 기와의 사형 판결. 고미카도는 이번에도 다이고 검사에게 패배하고 만다. 또다시 질 수는 없다며 이리저리 뛰어다닌 끝에 법원은 1심 판결을 파기하고 사건을 도쿄지방법원으로 환송한다. 사형을 면했다며 좋아하는 고미카도에게 다가온 다이고 검사는 자신의 뒤를 이어 환송된 심판을 맡을 검사를 소개한다. 그는 다름 아닌 한때 함께 일했던 변호사 하뉴였다. 검사였던 하뉴는 변호사 경험을 쌓기 위해 고미카도에게 도움을 요청하고 두 사람은 승승장구하며 재판에서 이겨왔다. 다이고 검사는 그런 하뉴에게 자신을 대신해 고미카도와 싸워달라고 하며 이렇게 말한다.

"진짜 적은 적 같은 얼굴을 하고 있지 않는 법이다."

마치 고미카도의 편인 척 주변을 어슬렁거리던 하뉴가 사실은 그의 적군이었음을 알려주며 진짜 모습을 드러낸 것이다.

사회생활을 해본 사람이라면 적을 만든다는 것이 얼마나 피곤하고 지치는 일인지 잘 알고 있다. 그래서 화나는 일이 있어도 참고, 나와 맞지 않는 사람과도 잘 지내려 노력한다. 하지만 다이고 검사의 말처럼 이 세상에는 내 편인 척 '아군'으로 가장한 '적군'이 너무도 많다.

18세기에 영국과 중국에서 '아편'을 둘러싸고 치열한 전쟁을 벌였다면, 21세기를 살아가는 우리는 회사와 일상에서 '내 편'을 얻기 위해 더욱 흥미진진한 설전을 벌이고 있다.

"얘가 진짜 힘든 아이예요. 많이 도와주세요."

누가 보면 연말연시에 불우이웃을 도와달라며 구세군이 하는 말인 줄 알겠다. 이는 내 친구가 나와 일터에서 치열하게 싸우는 경쟁자에게 한 말이다. 당시의 나는 딱히 힘들지 않았다. 오히려 강의 요청이 많아 스케줄 관리를 고심하던 중이었다. 하지만 친구의 한마디에 나는 동종업계 사람에게 여기저기 도움을 청하고 다니는 불쌍하고 능력 없는 이미지의 프레임을 얻고 말았다.

물론 힘들지 않은 건 아니었다. 일의 규모가 커지면서 관리해야 할 것들도 늘어났다. 직원들을 돌보면서 강연 준비까지 하려니 시간이 모자랐다. 너무 바빠서 정신없고 힘들다는 푸념을 친구에게 한 적이 있는데 그 말이 씨앗을 틔우더니 저렇게 사실과 완전히 다른 내용으로 변해 내 가치를 떨어뜨리고 있었다. 내 편이라 믿었던 사람이 알고 보니 오히려 나를 공격한다면 이런 관계를 굳이 유지할 필요가 있을까?

친구인 줄 알았는데 알고 보니 적이었던 사람을 가리켜 '프레너미(frienemy)'라고 한다. 친구(friend)와 적(enemy)을 결합해 만든 신조어다. 주로 비즈니스 세계에서 어제

하찮아지느니

의 동지가 오늘의 적이 되는 상황을 가리켜 쓰던 말인데, 이제는 인간관계에서 프레너미를 심심치 않게 만날 수 있다. 국어사전에서는 프레너미를 '친구처럼 보이지만 실제로는 친구인지 적인지 모호한 상대. 장난으로 공격적인 행동을 하는 친구, 자신에게 유리할 때만 친근하게 대하는 사람 등을 두루 가리킨다'라고 설명한다. 관계가 깊지 않거나 그다지 좋은 사이가 아닌 사람에게 공격받는 것과 내 편, 내 친구라고 생각했던 상대에게 예기치 못한 공격을 받는 것 중 어느 쪽이 더 큰 상처를 줄까? 당연히 적이 된 친구가 더 아프다. 그러니 내 편이 맞나 싶을 정도로 미운 말과 행동으로 상처를 준다면, 경쟁과 질투가 심하다면 애초에 관계를 맺지 않는 것이 좋다.

적을 만들지 않는 것은 누군가를 나의 적으로 돌리는 행동을 하지 않는 동시에 나를 적으로 대하는 나쁜 인간관계를 과감히 끊어버리라는 뜻이다. 오랜 사회생활 끝에 알아낸 인간관계의 진실은 모든 관계가 너무 가까워도, 너무 멀어도 서로를 힘들게 한다는 것이다. 이제 그만 끝내는 게 좋을 관계가 생긴다면 '이 사람은 더 이상 내 편(친구)이 아니다'라고 인정하자.

사람 사이의 관계는 서로에 대한 이해와 존중이 바탕

되어야 한다. 나이, 서열, 직급과 관계없이 상대의 생각, 감정, 일, 취향, 인생을 있는 그대로 존중하는 것은 관계에서 매우 중요하다. 그런데 집단주의 문화가 강한 동양에서는 인간 개개인을 존중하는 것에 서툴다. 서로의 다양성을 존중하지 않고 자신이 원하는 것을 강요하는 것은 또 하나의 폭력이다. 세상에 단 하나뿐인 내 편이라고 할지라도 존중하고 지켜야 하는 공정성이 있다. 가까운 거리에는 존중이 필요하고 먼 사이라도 존중이 필요하다. 그것이 없는 사람과는 적이 되지는 않으면서 관계를 정리하는 것도 능력이다.

관계의 발견

"연애도 일종의 관계잖아요. 그러니까 당연히

권력 관계라는 게 생길 수밖에 없고

강자와 약자로 나뉠 수밖에 없는 것 같아요.

아무래도 더 많이 좋아하는 쪽이 약자가 되는 거죠."

나에게 '여름' 하면 가장 먼저 떠오르는 드라마는 〈커피 프린스〉다. 그리고 '가을' 하면 무엇보다 〈연애의 발견〉이 생각난다. 늦여름에 시작해 선선해지는 가을에 끝난 이 드라마는 한여름(정유미), 강태하(문정혁), 남하진(성준)의 사랑 이야기다. 여름과 태하는 오래전 헤어진 연인이고 여름과 하진은 지금 사랑을 하고 있는 연인이다. 솔직하고 현실적인 연애를 보여준 〈연애의 발견〉은 무엇보다 태하-여름-하진의 관계를 통해 연애에도 갑과 을, 강자와 약자가 존재한다는 것을 보여준다.

여름은 이미 끝나버린 태하와의 연애를 떠올리며 이렇게 독백한다.

"연애도 일종의 관계잖아요. 그러니까 당연히 권력 관계라는 게 생길 수밖에 없고 강자와 약자로 나뉠 수밖에 없는 것 같아요. 아무래도 더 많이 좋아하는 쪽이 약자가 되는 거죠. 먼저 미안하다고 말하고 더 기다려주고

하찮아지느니

많이 참아주는 쪽…. 옛날에는 제가 약자였어요. 항상 그 사람 마음이 궁금했고 더 많이 받고 싶고 모든 기준이 그 사람이었던 것 같아요. 정말 지옥이었어요."

여름은 태하와의 연애에서 자신이 늘 약자라고 생각했다. 그녀는 사랑에도 갑과 을이 있어 더 많이 사랑하는 사람이 어쩔 수 없이 더 아프고, 지치고, 실망한다고 생각했다. 혼자만 속 끓이고 어떻게든 참아보려고 했던 연애를 끝내기로 한다. 그리고 지금 여름은 하진과 연애 중이다.

"평등하지 않다고 생각해, 너랑 내 관계. 내가 더 좋아하니까. 싸우고 싶을 때도 있고, 도대체 너는 왜 그러냐고 따지고 싶을 때도 있는데 왜 참고 넘어가는 줄 알아? 내가 져주지 않으면 헤어지게 될 것 같으니까. 그래서 나는 언제나 져줄 수밖에 없어. 내가 참지 않으면 끝장이 나고 말 테니까. 사실 그 느낌이 얼마나 싫은 줄 알아? 내가 져주지 않으면 우리가 헤어질 거라는 그 느낌."

여름 앞에 다시 나타난 태하와의 관계를 추궁하지 않

는 하진에게 그 이유를 묻자 "왜 그러겠어, 내가 더 좋아
하니까 그러지"라며 하진이 한 말이다. 태하와의 관계에
서 약자였던 여름은 하진과의 관계에서 강자가 되었다.

태하와 사귈 때의 여름처럼, 여름과 사귈 때의 하진처
럼 상대에게 끌려다니는 사람들이 있다. 심리학자이자
미네소타 대학의 교수인 일레인 월스터(Elaine Walster)는
자존감의 문제라고 말한다.[2] 그는 실험을 통해 자존감
이 연애에 어떤 영향을 주는지 살펴봤다.

우선 37명의 여성을 모집해 가짜 성격 테스트를 진행
했다. 그다음 참가자들에게 테스트 결과를 알려주었다.
물론 이 결과도 가짜였다. 자신의 성격이 좋다는 결과를
받은 사람도 있고 반대로 성격이 나쁘다는 결과지를 받
은 사람도 있었다.

참가자들이 결과지를 보는 사이 그곳에 잘생긴 남자
한 명이 들어왔다. 그는 자신을 교수의 제자라고 소개하
며 실험 참가자들에게 말을 걸기 시작했다. 자연스럽게

2) Walster, Elaine, "The effect of self-esteem on romantic liking."
Journal of Experimental Social Psychology 1.2 (1965): 184-197.

하찮아지느냐

화기애애한 분위기가 이어졌고 얼마 후 제자는 자리를 떠났다. 돌아온 교수는 참가자들에게 방금 들어왔던 자신의 제자가 어떠한지 물어봤다. 이들 중 유독 제자에게 큰 호감을 느낀 사람이 몇 명 있었다. 그런데 놀랍게도 그녀들은 모두 자신의 성격이 나쁘다는 부정적인 테스트 결과를 받은 사람이었다.

즉 자신의 성격에 관해 좋지 않은 평가를 받아 자존 감이 떨어진 상태였다는 것이다. 자신감이 크게 꺾인 사람들은 스스로를 낮게 평가하는 동시에 다른 사람의 긍정적인 부분은 극대화해 받아들인다. 특히 상대가 이성일 경우에는 빠르게 호감을 느끼고 사랑에 빠진다고 한다. 자신감이 떨어지고 스스로를 저평가하게 되면 나와 비슷한 수준의 상대라도 실제보다 훨씬 뛰어나고 매력적인 사람으로 보기 때문이다.

이런 사람의 연애는 내가 아닌 상대를 중심으로 흘러간다. 갑과 을, 약자와 강자로 나뉜 연인 관계는 금세 끝난다. 내가 스스로를 온전히 사랑하지 못하면 상대에게서 사랑받아도 그 감정을 온전히 느낄 수 없기 때문이다. 타인에게 끌려다니는 사람이 어떻게 행복할 수 있겠는가.

관계에서 영향력을 발휘하는 것은 자연스럽고 건강한 본능이다. 우리는 내가 누군가에게 영향을 미친다는 것을 알게 되면 그 힘이 두 사람 사이에서 적절하게 균형을 이룰 수 있도록 감정을 조절한다. 그렇지 못하면 한쪽만 권력을 행사하는 관계가 되고 만다. 불균형적인 관계에서 빠져나오려면 스스로 감정을 느끼고 이것이 무시될 때 적절한 분노를 표현해야 한다. 건강한 관계는 자신의 영향력이 상대의 힘과 균형을 이루는 사이를 말한다.

관계에서 자신이 약자라고 느끼거나 상대에게 끌려다닌다는 생각이 든다면 무엇보다 먼저 자존감을 회복해야 한다. 상대로부터 조금 멀리 떨어져 혼자 생각할 시간을 갖자. 여행을 떠나도 좋고 평소 좋아하는 영화를 보면서 생각을 정리해도 좋다. 자존감 회복은 큰일이 아니다. 그저 스스로 선택하고 그 결과에 만족하기만 해도 된다.[3]

그리고 나에게 일어나는 모든 일에 대한 선택과 결정은 나에게 있다는 것을 잊지 말자. 가령 상대가 나에게

3) 윤홍균, 《자존감 수업》, 심플라이프, 2016.

하찮아지느니

무언가를 요구했을 때 그것을 승낙할지, 거절할지를 정하는 기준은 내가 되어야 한다. '내가 거절하면 그 사람이 나를 싫어하게 되는 건 아닐까?', '내가 알겠다고 하면 그 사람이 좋아하겠지?'와 같이 상대의 입장에서 판단해서는 안 된다. 이 세상에 나보다 더 중요한 사람은 없고, 나 자신보다 더 소중한 관계는 없다. 나를 잘 돌볼 줄 알아야 나 이외의 사람들과 건강한 관계를 만들어나갈 수 있다.

감정은 무섭다고
피할 수 있는 게 아니다

보고 싶은 것만 보고,

듣고 싶은 것만 들을 수 있다면

세상에 어려울 게 없을 것이다.

그렇지만 우리는 아크 엔젤 같은 필터가 없다.

영국 드라마 〈블랙 미러〉의 시즌 4에서 가장 눈에 띈 에피소드는 '아크 엔젤'이다. 마리는 홀로 딸 사라를 키우는 싱글 맘이다. 어느 날 사라를 잃어버릴 뻔한 마리는 세상의 위험으로부터 사라를 보호하기 위해 '아크 엔젤'을 이식하기로 한다.

아크 엔젤은 아이의 뇌에 칩을 이식해 아이가 보는 모든 것을 부모가 태블릿으로 확인할 수 있는 기술이다. 아이가 보기에 위험하거나 해로운 것은 모자이크 처리를 해 보지 못하게 할 수도 있다. 스트레스 호르몬인 코르티솔이 상승하면 아이의 시야에 모자이크를 씌워버리는 것이다. 그야말로 아이를 키우는 게 아니라 게임을 하듯 조종하는 기술이다.

사라는 아크 엔젤의 필터 시스템을 통해 사납게 짖는 옆집의 개부터 싸움이나 욕설, 다쳐서 피 흘리는 모습, 심지어는 엄마가 눈물 흘리는 것도 보지 못했다. 폭력적인 것, 위험한 것에 관해 아무것도 모르는 사라는 피가 궁금한 나머지 자해를 하기도 하고, 아무렇지도 않게 잔혹한 그림을 그리기도 한다. 사람의 감정을 읽지 못해 인간관계에도 서툴러 혼자 보내는 시간이 점점 많아진다. 깜짝 놀란 마리는 전문가에게 사라에 관해 상담을 받는다. 아크 엔젤은 이미 실패한 프로젝트이니 당장 보호자 모드를 끄라는 충고를 듣는다.

그렇게 사라는 열다섯이 되어서야 남들처럼 평범한 인생을 살기 시작했다. 그 뒤로는 별문제 없는 듯했다. 하지만 고등학교에 간 사라에게 남자친구가 생기면서 늦은 시간까지 집에 들어오지 않자 마리는 창고에 넣었던 아크 엔젤 태블릿을 다시 꺼낸다. 오랜 만에 본 영상 속에서 사라는 남자친구와 잠을 자고 마약을 하고 있다. 딸이 망가지고 있다고 생각한 마리는 사라의 남자친구를 찾아가 딸과 만나면 마약한 것을 경찰에 신고하겠다고 협박한다. 그리고 사라의 음식에 몰래 응급 피임약을 섞기까지 한다.

몸에 이상을 느껴 학교의 보건실을 찾은 사라는 응급 피임약에 관해 알게 된다. 그 길로 집에 달려가 엄마가 보고 있던 아크 엔젤 태블릿을 부수고 집을 나가 다시는 돌아오지 않았다. 아크 엔젤로 딸을 지키려 했던 마리는 오히려 그로 인해 딸을 영원히 잃고 말았다.

　보고 싶은 것만 보고, 듣고 싶은 것만 들을 수 있다면 세상에 어려울 게 없을 것이다. 그렇지만 우리는 아크 엔젤 같은 필터가 없다. 때때로 보기 싫은 것을 보고, 듣기 싫은 것을 듣고 느껴야 한다. 대신 우리는 그만큼 단단해진다.

　우리는 다른 사람들과의 관계에서 얻은 경험에 많은 영향을 받는다. 지금 우리가 꾸려나가고 있는 관계는 대부분 예전의 경험에서 비롯한 것이다. 긍정적인 경험은 우리가 더 나은 관계를 맺고 그 과정에서 스스로를 존중할 수 있도록 돕는다. 이런 경험이 많이 쌓인다면 좋겠지만 우리를 할퀴고 상처 주는 부정적인 경험도 겪게 된다.

　이때 사라처럼 부정적인 상황과 감정을 피하기만 한다면 앞으로 우리가 살아가며 마주해야 할 모든 부정적인 감정에 대응할 수 없다. 부정적인 것을 이겨냈을 때 그것은 우리에게 무엇보다 긍정적인 영향을 미친다. 그리고 나중에 또다시 같은 상황에 놓였을 때 그것을 적절히 피하거나 대처할 수 있는 능력을 갖게 된다. 부정적인 감정과 상황을 피하지 않고 그대로 경험하는 것, 심리학에서는 이를 가리켜 혐오학습이라고 한다.

한때 미국에서는 늑대와 코요테가 밤새 양을 잡아먹는 일이 자주 일어났다. 목장 사람들은 늑대가 양을 헤치지 않을 방법을 고민하다가 염화리튬을 바른 양고기를 늑대가 다니는 길목에 두었다. 양고기를 덥석 문 늑대와 코요테는 지독한 쓴맛과 구토를 동반한 어지러움을 느꼈다. 이 과정을 몇 번 반복하자 늑대와 코요테는 절대로 양고기를 먹지 않았다. 이후로는 양을 습격하기는커녕 굶어 죽는 한이 있어도 양을 쳐다보지도 않았다.

늑대가 느낀 쓴맛과 어지러움은 불쾌한 정서를 유발한다. 그 감정은 뇌리에 오랫동안 남는다. 그리고 이후의 행동과 선택에 영향을 미친다. 이처럼 혐오도 학습이 되면 거부거나 스스로 치유할 수 있다. 나에게 상처를 주거나 부정적인 감정을 주는 사람을 무섭다고 무조건 피하기보다 그 영향력에서 스스로 벗어나는 방법을 찾아야 한다. 감정은 피하는 것이 아니라 다루는 방식을 배워야 하는 영역이다.

버려도 되는 사람들

선을 넘었다는 생각이 들었다. 그런 사람들과

내 감정이 싫다고 말하는 것을 해야 할 이유는 없다.

2015년 말에서 2016년 초에 걸쳐 2주간 혼자서 제주도 여행을 했다. 게스트하우스 여러 곳을 돌면서 숙박을 했다. 둘째 날 묵은 게스트하우스는 1인 여행객이 서로 친해질 수 있도록 저녁에 술자리를 마련했다며 참석할 생각이 있는지 물었다. 연말에 새로운 사람과 대화를 하는 것도 좋겠다 싶어 그러겠다고 했다. 시간 맞춰 가 보니 게스트하우스 주인은 남자와 여자가 한 사람씩 번갈아 가며 앉도록 자리를 배치해 두었다. 내가 생각하던 친목과 조금 다른 듯했다.

'그냥 방으로 돌아갈까. 아니면 좀 더 있어 볼까.'

고민을 하다가 앞자리 사람과 대화를 시작했고 그냥 있어 보기로 했다. 각자 소개를 하고 잠시 주변 사람들과 대화를 하는 사이 게스트하우스 직원이 게임을 준비하기 시작했다. 오늘 처음 만난 사람들과 대화도 제대로 못 했는데 게임이라니. 게다가 걸리면 폭탄주를 마셔야 한단다. 싫다고 하자니 분위기를 깰 것 같아 이러지도 저러지도 못하는 사이에 게임이 시작됐다.

대학교 엠티 이후 술자리 게임은 처음이라 정신이 없었다. 당연히 첫 게임부터 내가 걸렸다. 게스트하우스 직원이 환호하며 내 앞에 폭탄주 잔을 내려놓았다. 정말 이걸 다 마셔야 하나 생각하고 있는데 누군가가 큰 소리로 "원샷! 원샷! 원샷!"을 부르짖었다.

술잔을 들고 망설이다가 안 되겠다 싶어 일단은 술을 마셨다. 사람들이 환호하는 소리가 들렸다. 다 마신 잔을 내려놓고 이렇게 말했다.

"죄송해요. 제가 생각했던 자리가 아닌 거 같아요. 이 자리에 어울리지도 않는 것 같고, 저는 그냥 방으로 들어가 보겠습니다. 다들 제 몫까지 즐기면서 재미있게 놀다 가세요."

곧바로 방으로 돌아왔다.

그 자리를 박차고 일어날 수 있었던 것은 다시 볼 사람들이 아니었기 때문이다. 게임으로 폭탄주 돌리기는 내 기준에서는 처음 만난 사람과 친목을 다지기에 좋은 방법이 아니었다. 선을 넘었다는 생각이 들었다. 그런 사람들과 내 감정이 싫다고 말하는 것을 해야 할 이유는 없다.

감정은 다른 사람의 행동이나 생각 때문에 생겨나는 것이지만 온전히 나만의 것이다. 같은 상황이라도 나만 느끼는 감정이 있다. 게스트하우스에서 준비한 친목의 장에서 다른 사람들은 즐거움과 유쾌함이라는 감정을 느꼈지만 나는 예상과 달라 당황함과 불편함을 느꼈다. 이런 부정적인 감정은 내가 원하는 무언가가 좌절되었을 때 발생한다. 내가 이 상황을 어떻게 받아들이고 있는가에 대한 평가의 결과가 바로 내가 느끼는 감정이기 때문이다.

그때 나는 이 자리에 함께 있는 모든 사람 중에 나를 가장 우선시해도 된다는 생각이 들었다. 오늘 처음 만났고 다시 만날 필요도 없으니, 불편한 감정을 참을 필요가 없는 상황이었던 것이다. 결국 여기 있는 사람들을 버리기로 했고 방으로 돌아오니 불편한 감정이 한결 가라앉았다.

하지만 회사였다면 어땠을까?

한 공기업에서 강연을 했을 때였다. 그곳에 모인 사람들에게 요즘 가장 스트레스받는 말이 무엇인지 물었다. 한 남자가 다른 팀의 팀장이 하는 말이 너무 듣기 싫다

하찮아지느니

고 말했다.

"아직도 여자 친구 안 생겼어?"

"내가 한 명 소개해 줘?"

"○○팀에 ×× 씨 예쁘던데, 어때?"

"이렇게 잘생겼는데 왜 여자 친구가 없을까."

마주칠 때마다 이런 말을 계속한다는 것이다. 마치 안부 인사처럼 만나면 이상형을 물어보거나 과거의 여자 친구에 관해 질문을 던지기도 해 불편해 죽겠다고 했다. 사적인 이야기를 계속 묻는 것도 싫고, 다른 사람들 눈에 자신이 연애에 목숨 건 사람처럼 보일 것도 같아 걱정이라고도 했다.

팀장에게 이제 그런 이야기는 그만하시라고 말해본 적이 있는지 물었다. 남자는 매일 만나야 하는 사이고 혹시라도 나중에 그 팀장 밑에서 일하게 될지도 몰라 그냥 참고 있다고 대답했다. 버릴 수 없는 관계라는 이유로 매일 듣기 싫은 말을 듣고 있는 것이다.

그날 강연에서 나는 그에게 택시 기사 퇴치법을 활용해 보라고 말해줬다. 자꾸 듣기 싫은 말을 하는 사람을 간단히 쳐내는 방법이다.

택시 기사: 우리 딸이 말이야, 간호산데 대학은 ○○을 나왔고 병원은 ××를 다녀. 아가씨는 무슨 일해?

나: 검사예요.

택시 기사 : 뭐?

나 : 검사요. 판·검사할 때 그 검사요.

→ 조용히 갈 수 있음

택시 기사: 아가씨는 결혼 언제 할 거야? 남자친구는 있어?

나: 지난주에 죽었어요.

→ 조용히 갈 수 있음

택시 기사: 아니 난 우리 딸이 이렇고 저렇고. 아가씨 부모님은 아가씨 걱정 안 하서?

나: 고아예요.

→ 조용히 갈 수 있음

매일 듣기 싫은 말을 하는 상사의 입을 막겠다고 진지하게 상담을 할 필요는 없다. 택시 기사 퇴치법처럼 가볍게 상대의 입을 막는 방법부터 시작하면 된다. 우리가 갈고 닦아야 할 것은 정색하거나 화내지 않고, 소리 지르지도 않으면서 짧고 가볍게 할 말을 하는 것이다. 다시는 상대가 나에게 선 넘는 말과 행동을 하지 않도록 말이다.

듣기 싫은 말을 듣지 않는 방법은 많지만 이제 그만하라고 진지하게 말할 필요는 없다. 인간관계에서 중요한 것은 모든 관계가 서로 만들어나가는 것이라는 사실이다. 상사라고 해서 부하가 싫어하는 말을 할 권리는 없다. 친구라고 해서 내 영역을 침범할 권리도 없다. 선을 넘는 것을 허용해 준 자기 자신만 있을 뿐이다.

택시 기사나 게스트하우스의 사람들처럼 인생에서 한 번 스쳐 지나갈 사람이라면 1, 2, 3단계 모두 대응해도 좋다. 친구나 회사 동료처럼 꾸준히 봐야 하는 사람이라면 1단계 정도로 선을 넘지 못하도록 경고 카드를 보여주자.

팀장: 아직도 여자 친구 안 생겼어?

나: 자꾸 안 생겼냐고 물으시니까 부정 타서 그러나 봐요.

팀장: 내가 한 명 소개해 줘?
나: 저 눈 굉장히 높은데, 감당 가능하신가요? 한 번 소개시켜주시면 평생 책임지셔야 하는데. 제가 눈이 높은 만큼 뒤끝도 깁니다.

팀장: ○○팀에 ×× 씨 예쁘던데, 어때?
나: 제 인생에 사내 연애는 없습니당~

팀장: 이렇게 잘생겼는데 왜 여자 친구가 없을까.
나: 그쵸, 그래서 아이유나 아이린처럼 예쁜 사람 기다리고 있어요.

호불호(好不好)와 넘어와도 되는 영역과 넘어와서는 안 되는 영역을 명확하게 전달하자. 때로는 농담으로 때로는 비언어로 상황에 따라 다양한 방법으로 상대가 침범하면 안 되는 선을 그어주는 것은 우리의 책임이다.
꾸준히 봐야 하는 사람이지만 그 관계가 영원히 지속

하찮아지느니

되는 것은 아니다. 삶의 타임라인을 펼쳐놓고 보면 일부분만을 차지하는 사람에 불과하다. 그런데 타임라인의 처음부터 끝까지 함께 가야하고 함께 갈 수밖에 없는 유일한 존재인 내가 힘들고 괴롭다면 참아야 할 이유는 없다.

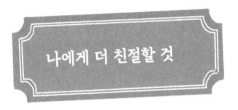

나에게 더 친절할 것

다른 사람과 연애할 때 우리는

행복한 시간을 보내기 위해

재미있는 영화를 보러 가고,

분위기 좋은 곳에서 맛있는 것을 먹고,

상대가 기뻐할 만한 일을 끊임없이 생각한다.

혼밥에도 레벨이 있다.

1단계: 편의점에서 밥 먹기

2단계: 학생식당(구내식당)에서 밥 먹기

3단계: 패스트푸드점에서 세트 먹기

4단계: 분식점에서 밥 먹기

5단계: 일반 음식점에서 밥 먹기

6단계: 맛집에서 밥 먹기

7단계: 패밀리 레스토랑에서 먹기

8단계: 고깃집, 횟집에서 먹기

9단계: 술집에서 술 마시기

나는 9단계까지 모두 가능하다. 평소에도 무엇이든 혼자 하는 걸 좋아한다. 혼자 영화 보고, 술 마시고, 여행 가고, 밥을 먹는다. 나처럼 혼자서 잘 노는 사람이 있는가 하면 절대로 혼자서는 아무것도 하지 않는 사람도 있다.

"나는 집 밖에서 혼자 밥 먹어본 적이 한 번도 없어. 영화도 혼자 보고 싶지 않아."

혼자만의 시간을 두려워하는 이유는 주로 두 가지다. 혼자서 영화를 보거나 밥을 먹으면 다른 사람들이 자신을 친구도 없는 사람이라고 수군거릴까 봐 두려운 것과 혼자 있는 시간 자체를 두려워하는 것이다.

수많은 사람 속에서 '나 혼자'라는 기분이 든다는 건 그다지 유쾌한 일은 아니다. 우리는 애정을 주고받을 사람이 없거나 누군가에게서 상처를 받았을 때 혼자라고 느낀다. 그때 밀려오는 허무함과 외로움에 평정심을 잃으면 앞으로도 계속 혼자일 것 같아서 모든 것이 버거워지기 시작한다.

문제는 혼자가 아닐 때조차 모든 게 허무하고 혼자가 된 기분을 종종 마주한다는 것이다. 내가 사랑하는 사람도, 나를 사랑해줄 사람도 없다고 느껴지는 순간들이 불쑥불쑥 찾아온다. 작가 헤밍웨이는 어느 에세이에서 강변을 거닐거나 봄이 오는 걸 눈으로 확인할 때면 외로운 줄을 몰랐으나 차가운 비라도 내리면 갑자기 '내 인생에서 계절을 하나 통째로 잃어버린 것 같다는 기분이 든다고 말했다. 그만큼 갑자기 큰 외로움과 상실감을 느낀다는 것인데 사람이라면 누구나 그런 기분을 느끼는 순간이 찾아온다. 우리에겐 온전히 혼자서 견뎌야 하는 시간이 있다.

이럴 때 나는 '사실은 혼자가 아니고 나 자신과 함께 있는 것'이라고 생각한다. 다른 사람과 연애할 때 우리는 행복한 시간을 보내기 위해 재미있는 영화를 보러 가고, 분위기 좋은 곳에서 맛있는 것을 먹고, 상대가 기뻐할 만한 일을 끊임없이 생각한다. 이 모든 것을 오롯이 혼자가 된 나를 위해 해주는 것이다.

일부러 시간을 만들어 나 자신과 보낸다. 이때 내가 좋아하는 것을 잔뜩 한다. 가장 애정하는 배우가 나오는 영화 보기, 기분 좋아지는 음식 먹기, 충분할 정도로 푹 자기, 나는 잘하고 있다고 칭찬해 주기, 그리고 내가 싫어하는 것은 절대 하지 않기. 마치 연인을 대하듯 나를 존중하고 사랑해 준다.

이런 시간을 보내고 나면 혼자 있는 시간이 하나도 어렵지 않다. 그리고 어디에서든 누구와 만나든 즐겁게 지낼 수 있다. 나 스스로를 누구보다 존중하고 배려하니 나를 존중하지 않는 사람을 만나면 솔직한 내 마음을 말하게 된다. 상대의 무례함을 지적하고 내 자존감을 파괴하려는 사람에게는 철벽을 친다. 그리고 받은 만큼 되돌려주는 법도 알게 되었다.

나와 연애하듯 살고 보니 가장 행복해진 사람은 나였다. 아무리 사랑하는 사람이라도 365일 24시간 붙어 있으면 지겨울 수밖에 없다. 그런데 태어난 순간부터 죽는 날까지 나는 나와 한시도 떨어지지 않고 붙어 지내야 한다. 사람에게 휘둘리지 않는 중심을 갖기 위해서는 누구보다 나와 친해져야 한다.

그러니 우리는 스스로에게 다정하고 상냥하게 대해주어야 한다. 가장 사랑하는 사람에게 할 수 있는 말을 나에게 하자. 나를 향한 모든 순간에 더욱 상냥하게 대해주고 나에게 더 자비로워도 된다.

하찮아지느니

내가 평생 데리고
살아야 할 사람은 나다

세상 다른 누구라도 관계를 끊어내고 버릴 수 있지만

나 자신은 그럴 수 없는 존재였다.

한때 나의 가장 큰 고민은 '좋은 인간관계란 무엇인가?'였다. 많은 사람과 두루두루 잘 지내는 것을 말하는 건지, 아니면 내 사람만 잘 챙기면 되는 건지, 그것도 아니라면 주위 사람들에게 좋은 사람으로 보이는 것을 말하는 건지 도무지 알 수가 없었다. 무수한 고민 끝에 내린 결론은 계속 바뀌었다.

한때는 굉장히 많은 사람과 폭넓은 인간관계를 맺기도 했다. 하지만 시간이 지나고 보니 견고하게 관계를 유지하는 사람은 결국 정해져 있었다. 남을 사람만 남는다는 말을 알 것 같았다.

그러자 확실하게 내 사람이라고 단언할 수 있는 관계만 챙기자는 생각이 들었다. 이 역시 정답은 아니었다. 시간이 흘러 내 편, 내 사람, 내 식구라고 생각했던 사람의 마음이 변하는 것을 경험했다. 가까운 사람의 변심은 무엇보다 고통스러웠다.

언젠가는 누가 봐도 좋은 사람으로 보이는 것을 선택

하기도 했다. 주변 사람들을 위한 일이라면 발 벗고 나서기도 했고, 남에게 상처 주거나 아쉬운 소리조차 하지 않으려 무던히 애를 썼다. 그렇게 조심스럽게 살다 보니 좋은 사람이라는 칭찬을 받았다. 처음에는 그걸로 충분했다. 하지만 금세 우울해졌다. 나를 제외한 모든 사람들은 편안했고 나는 고통스럽고 힘들었기 때문이다. 좋은 사람이 되었지만 나 자신에게는 나쁜 사람이 되고 말았다.

결국 원점으로 돌아왔다. 인간관계란 무엇인지 고민했던 처음으로 돌아와 선택한 것은 나 자신이었다. 아무리 생각해도 내가 평생 데리고 살아야 할 사람은 나뿐이었다. 세상 다른 누구라도 관계를 끊어내고 버릴 수 있지만 나 자신은 그럴 수 없는 존재였다. 그러니 배려를 해야 한다는 나를 먼저 배려하는 게 맞다. 다른 사람을 위해 희생하고 챙기느라 나를 내버려 두는 것이 시간이 흘러 타인의 변심 앞에서 얼마나 초라한 것인지를 이제는 알기 때문이다.

'그때 좀 더 잘했어야 했는데.'

나는 꽤 자주 이런 후회를 하곤 했다. 그런데 가만히

살펴보면 이 후회는 전부 다른 사람에 대한 나의 태도와 행동을 향하고 있었다. 내가 나에게 잘해주지 못한 것을 후회한 적은 단 한 번도 없었다.

나는 타인에게는 관대했지만 나에게는 유독 엄격한 사람이었다. 이런 생각이 습관이 되면 스스로를 비난하는 것을 멈추지 못해 애를 먹는 경우가 많다. 자존심만 살아 있고 자존감은 죽어가기 때문이다. 자존심은 다른 사람을 통해 스스로를 확인하는 것이다. 다른 사람의 관심이나 인정, 칭찬 같은 것을 들으면서 말이다. 자존감은 조금 다르다. 나의 존재 자체를 내가 받아들이는 것이다. 그러니까 내가 존중받아야 할 이유는 내가 그럴 만한 능력이나 이유를 가졌기 때문이 아니라 나이기 때문이란 것이다. 하지만 나에게 엄격한 기준을 세우다 보면 '나는 존중받을 만한 사람인가?', '나는 사랑받을 자격이 있는가?'라는 질문을 의심하게 된다.

"어떤 것들은 우리 마음대로 할 수 있고, 어떤 것들은 마음대로 할 수 없다."

이 말은 스토아학파 철학자 에픽테토스가 남긴 것이

다. 노예 출신의 그는 스스로 통제할 수 있는 것이 많지 않았다. 노예 신분의 어머니는 물론 배부르게 먹을 빵마저 자신의 통제 범위 밖에 있었다. 그럼에도 에픽테토스는 자신이 통제할 수 있는 것과 통제할 수 없는 것을 끊임없이 생각해야 한다고 주장했다. 그는 우리가 통제할 수 없는 것들을 정리했다.

'건강, 재산, 명성, 직업, 부모, 동료, 상사, 날씨, 경제, 과거, 미래, 그리고 내가 죽을 것이라는 사실.'

그렇다면 우리가 통제할 수 있는 것은 무엇일까? 에픽테토스는 오직 하나만이 존재한다고 말했다. 바로 '나의 믿음'이다. 나의 감정, 나의 판단, 나의 태도, 나의 욕망, 나의 결심 등 내 마음만은 누구도 빼앗아가고 통제할 수 없는 유일한 것이다. 그러니 우리는 통제할 수 없는 것에 연연하지 말고 내 마음의 평화를 우선해야 한다.

내 마음을 누구보다 잘 아는 것은 당연히 나 자신이다. 하지만 때로는 도무지 갈피를 잡을 수 없고 애써 외면하고 싶을 때도 있다. 이럴 때 내 마음은 그저 누군가가 자신을 알아주기를, 위로해 주기를, 공감해 주기를 기다린다. 그 누군가는 다름 아닌 나 자신이다. 왜냐하면 내 마음을 평생 데리고 살 사람은 타인이 아닌 나이기 때문이다. 죽는 날까지 내 마음은 나를 먼저 생각해 주기를, 따뜻한 위로의 한마디를 건네기를, 내 감정에 공감해 주기를, 인정해 주기를 기다릴 것이다. 내가 내 마음을 몰라주는데 어떻게 타인이 내 마음을 알아줄 수 있을까.

그러니 우리는 무엇보다 나 자신과 잘 지내야 한다. 나 자신과 친하게 지내고 나 자신을 먼저 배려해야 한다. 나와 잘 지내는 방법을 찾고 싶다면 좋아하는 사람과의 데이트를 떠올려보자.

우리는 상대가 어떤 곳을 좋아할지를 고민한다. 상대가 좋아하는 음식과 영화 취향을 궁금해한다. 데이트를 위해 분위기 좋은 레스토랑을 알아보고, 유명한 카페를 찾아본다. 꼭 한번 가보고 싶었던 여행지를 검색해 보고 상대가 그 장소를 좋아하는지를 끊임없이 살필 것이다. 이것을 자기 자신에게 적용하는 것이다.

나는 내가 좋아하는 곳은 어디인지. 어떤 음식을 먹을 때 가장 행복한지. 어디로 여행을 가야 행복할지 등을 계속 생각했다. 내가 좋아하는 사람과 싫어하는 사람을 구분했다. 나를 행복하게 만드는 사람과 함께하는 시간을 보내고 나에게 상처 주는 사람과는 거리를 두거나 관계를 끊었다. 좋은 관계는 가까이 두고 나쁜 관계는 멀리 두었다. 나 자신에게 온전히 집중할 수 있는 시간을 키워나갔다. 이렇게 나를 중심으로 하는 인간관계로 바뀌가면서 더 많은 행복을 느끼게 되었다.

내가 아무리 스스로에게 너그럽고 관대해져도 여전히 스스로를 다그치고 다른 사람을 신경 쓰며 살아갈 것을 나는 알고 있다. 그러니 좀 더 내 마음이 하고 싶은 대로 놔둬도 된다. 남들 대신 나 자신을 좀 더 받아들여 줘도 된다. 너 지금 잘하고 있다고, 내가 나를 계속해서 알아봐 주자. 가능한 내 편을 들어주자. 그래도 된다.

나는 왜 습관적으로 욱할까?

밥을 먹고, 차를 마시고, 영화를 보는 것 등

모든 행동을 자신의 자유의지로

선택한다고 생각하겠지만

사실은 지금까지 하던 행동을

습관적으로 하는 것이다.

비행기와 배에는 자동항법장치라는 것이 있다. 미리 설정해 놓은 항로나 경로로 목적지까지 자동으로 운항하는 시스템이다. 매 순간 위치와 속도, 방향 등 운항에 필요한 데이터를 신경 쓰지 않아도 가고자 하는 곳에 도착할 수 있다.

우리 몸에도 이런 자동항법장치가 존재한다. 바로 습관이다. 우리 뇌는 매우 효율적으로 설계되어 있어 이미 설정된 자동항법장치, 즉 습관에 의해 움직인다. 습관이 만들어지기까지는 제법 시간이 필요하다. 자주 행동하면 할수록 자연스럽게 그 행동이 나오게 되고 마침내 자신이 어떤 행동을 하는지 알아채지 못하는 순간, 습관을 만들어낸다. 우리의 생각도 습관이고, 행동도 습관이다. 습관이 없으면 마치 처음 운전을 하는 것처럼 신호등 하나에도 긴장하고, 옆 차선에 자동차가 지나가도 긴장하는 것처럼 모든 생각과 행동에 우리 뇌는 에너지를 쏟아야 한다.

매번 복잡한 절차를 거친 뒤 결정하고 행동하는 것은 비효율적이다. 그래서 우리는 습관이라는 자동항법장치를 만들어 효율적으로 판단하고 움직인다.

사회학자들은 인간이 밥을 먹고, 차를 마시고, 영화를 보는 것 등 모든 행동을 자신의 자유의지로 선택한다고 생각하겠지만 사실은 지금까지 하던 행동을 습관적으로 하는 것이라고 말한다.

건물에서 불이 났을 때 사람들이 어디로 달려가는지를 살펴보면 습관이 우리에게 미치는 영향을 확인할 수 있다. 항상 엘리베이터를 타고 출퇴근을 해온 사람들은 화재경보기가 울리면 엘리베이터로 달려간다고 한다. 불이 났을 때는 오히려 엘리베이터가 위험하다는 것을 배웠지만 위급한 상황에서 습관적으로 행동하는 것이 인간의 본능이기 때문이다.

이처럼 습관은 우리에게 긍정적이면서도 부정적인 역할을 한다. 그중에서도 주의해야 하는 것이 바로 습관적으로 화를 내는 행동이다. 이런 사람들은 대부분 자신이 화가 났다는 사실을 인식하기도 전에 습관적으로 행동한다.

무엇이든 조금만 마음에 안 들면 가슴이 울컥하면서 자신도 모르는 사이 큰 소리를 치게 된다는 사람이 있었다. 그가 소리 지를 때마다 회사에서 직원들은 슬금슬금 눈치를 봤고, 가족들은 주눅이 든 채로 어쩔 줄 몰라 한다고 했다. 문제는 상대가 이렇게 약한 모습을 보이면 점점 화를 내는 임계점이 낮아져 별것 아닌 일에도 점점 큰 소리를 치게 되는 것이다. 하루는 소리를 지르다 못해 직원들에게 서류를 던지기까지 했다며 자신도 모르게 화를 내는 습관을 고치고 싶어 했다.

다른 사람에 대한 생각과 태도도 모두 습관과 연결되어 있다. 평소 다른 사람을 비난해 온 사람은 어떤 사람을 만나도 비난할 거리를 찾아낸다. 험담을 즐겨하던 사람은 아무리 좋아하는 사람이 앞에 있어도 어느새 누군가의 험담을 하기 시작한다. 습관을 고치기 위해서는 생각과 행동을 자각해야 한다.

자기 자신에 대한 행동 역시 습관에서 비롯한다. 화가 났을 때 소리를 지르는 공격적인 성향을 보이는 사람과 그 상황을 받아들이고 우선은 감정을 억누르는 사람, 그리고 바로 공격적으로 표현하지는 않지만 무조건 참기보다 교묘하게 에둘러서 표현하는 수동적 공격 성향을 가진 사람 모두 평소 습관이 나타난 것이다. 화가 났을 때 대응하는 자신만의 자동항법장치가 작동한 것이라 할 수 있다.

툭하면 화를 내는 사람은 자기중심성이 강하다. 나와 다른 것은 무조건 나쁘다고 하는 것이다. 화나 분노가 밖으로 나타날 때는 다른 사람을 향한 언어폭력이나 심할 경우 육체적 폭력의 형태를 띤다. 그런데 이것이 나를 향할 때는 무기력증과 우울증으로 나타난다. 분노의 가장 높은 수준은 자살이다. 우리나라가 오랫동안 OECD 국가 중 자살률 1위를 유지해온 것과 동시에 분노조절 장애를 겪는 사람들이 꾸준히 증가한 것은 절대로 우연이 아니다. 때문에 우리는 툭하면 화를 내는 자기 파괴적인 행동에서 벗어나야 한다.

습관적으로 화내는 것을 고치기 위해 우선은 스스로를 관찰하는 노력이 필요하다. 아침에 일어나 가장 먼저 무엇을 하는지, 출근하는 지하철에서 주로 무슨 생각을 하는지, 사무실에 도착해 제일 먼저 하는 행동은 무엇인지, 하루에 물은 몇 잔을 마시는지, 주로 어떤 대화를 하는지 등 자신을 관찰한다. 자신에 관해 아는 것만큼 변화시킬 수 있다.

그다음에는 자신의 생각과 감정을 관찰한다. 직장인이라면 상사와의 관계나 부하, 동료와의 관계를 살펴보고 직장 내 다양한 상황에서 자동으로 생기는 습관적인 감정과 생각을 관찰한다. 학생이라면 친구들과 교수님과의 관계에서 자신이 보이는 생각과 감정을 살펴보자. 그리고 언제, 누구와의 관계에서, 어떤 주제를 다룰 때 화라는 감정을 느끼는지 관찰한다.

사실 겉으로 드러나는 감정은 관찰이 쉽다. 하지만 잘 드러나지 않는 내면의 감정이나 생각은 관찰이 어렵다. 남들은 화가 난 것을 모르지만 나는 화가 나는 순간도 있을 것이다. 이럴 때를 빠짐없이 살펴보자. 온전히 나만의 생각과 감정을 가장 잘 관찰할 수 있는 사람은 오직 나뿐이다.

마지막으로 자신의 신체적 반응을 관찰하자. 화가 나면 손에 땀이 나거나 귀가 빨개지는 사람이 있는가 하면, 눈물이 나거나 몸을 떠는 사람도 있다. 우리가 특정한 상황이나 감정을 어떻게 인식하느냐에 따라 신체적인 반응도 다르게 나타난다. 특히 화가 날 때는 자신의 몸이 어떻게 긴장되는지 관찰이 어렵다. 생존을 위해 자동항법장치를 가동하기 때문이다. 화라는 감정을 느끼고 표현할 때의 신체적 변화가 바로 자동항법장치다. 그것이 어떤 시스템으로 운영되는지를 파악해야 지금껏 자동으로 움직여 온 항로를 변경할 수 있다.

튀어 오른 스프링은
결국 제자리를 찾는다

화가 난다는 것은 행복할 때 기쁨을 느끼는 것처럼

자연스러운 인간의 감정이다. 길을 가고 있는데

누가 와서 다짜고짜 욕을 하고 내 따귀를 때린다면

화가 나는 게 정상이다.

코스타리가 출신 예술가 기예르모 바르가스(Guillermo Vargas)는 2007년 니카라과의 수도 마나과의 한 갤러리에 작품을 전시했다. 그는 병든 유기견을 전시장에 데려와 목줄을 묶어놓고 물과 음식을 주지 않았다. 개가 닿을 수 없는 벽에는 사료를 붙여 '당신이 읽는 것이 당신이다'라는 메시지를 써놓았다. 결국 개는 다음 날 굶어 죽고 말았다. 기예르모는 여기에 〈굶어 죽은 개〉라는 작품 명을 붙였다. 그리고 2008년 중앙아메리카 비엔날레에서 같은 전시를 할 것이라고 말했다.

이 사실이 알려지자 사람들은 그를 비난했고 전시를 반대하는 서명운동을 벌였다. 기예르모의 블로그에는 온갖 욕설이 난무했고 그의 집을 찾아와 행패를 부리는 사람도 많았다. 작품 전시가 사회적 문제가 되자 기예르모는 이렇게 말했다.

"다음 전시회부터는 보건소에서 도살당할 개를 사용하겠다. 그 개를 돕고 싶은 사람은 자유롭게 데려가도 좋다."

예고한 대로 기예르모는 도살을 앞둔 10마리의 개를 데려와 전시했다. 그리고 '개를 돕고 싶다면 자유롭게 데려가세요'라는 팻말을 세웠다. 관람객들은 앞다퉈 개를 데려가겠다고 했고 순식간에 10마리 모두 새 주인을 만났다. 두 번째 전시는 이렇게 끝났다. 이후에도 여러 차례 같은 전시회를 열었고 관객들은 개를 데려갔다. 때문에 〈굶어 죽은 개〉 전시는 좀처럼 완성되지 않았다.

기예르모의 전시는 점점 유명해졌다. 그는 이 한마디를 남기고 마지막 전시를 마쳤다.

"이제부터 일어날 사건을 기대하라."

몇 개월 뒤 그의 전시회가 잊힐 즈음 전국 각지의 공원에 야위고 쇠약한 개들이 나타났다. 개들 앞에는 이런 팻말이 세워졌다.

'개를 돕고 싶다면 자유롭게 데려가세요.'

기예르모의 전시회에서 개를 데려간 사람들이 그의 방법을 그대로 따라 해 개를 내놓은 것이다. 대부분 개를 기르는 데 싫증 났다는 이유를 들었다. 결국 전시회에서 완성하지 못한 〈굶어 죽은 개〉는 개를 데려간 관람객들이 완성한 것이다.

기예르모를 향해 비인간적이라고 화를 내며 개를 데려간 사람들이 결국 개를 다시 버렸다는 사실에 대중은 또다시 분노했다. 감정은 상황에 대한 판단이다.[4][5] 본능적으로 그 상황을 좋게 판단하는지 나쁘게 판단하는지에 따라 긍정적인 감정과 부정적인 감정을 느낀다. 기분이 좋았다면 상황을 긍정적으로 판단한 것이고 기분이 나빴다면 부정적으로 판단한 것이다.

미국의 사회심리학자 로버트 자이언스(Robert Zajonc)는 인간이 경험하고 자각하는 것은 반드시 감정을 동반한다고 했다.[6] 모든 상황에서 감정을 느낀다는 말이다.

여러 감정 중에서도 '화'는 나의 자아가 아프다고 비명을 지르는 것과 같다. 때문에 인간의 진화 과정에서 화

4) Frijda, N. H. (1986). The emotions. New York: Cambridge University Press.

5) Oatley, K., & Jenkins, J. M. (1992). Human emotions: Function and dysfunction. Annual Review of Psychology, 43, 55-85.

6) Carroll E & Izard & Jerome Kagan & Robert B & Zajonc (1984) Emotions, Cognition, and Behavior, New York: Cambridge University Press.

는 생존을 위한 소통의 수단으로 생겨났다. 내가 옳다고 여기는 생각과 믿음을 상대가 져버렸을 때 화라는 감정이 시작된다. 또한 누군가의 실수나 모자람 때문에 혹은 의도적으로 손해를 입었을 때도 분노를 느낀다. 화는 지켜야 하는 것을 지키고자 할 때 생기는 감정이기 때문이다. 우리는 회사나 사회에서 불공정하고 부당한 일을 당하면 자신의 안전과 이익, 감정 등을 지키기 위해 화를 낸다. 지키고자 하는 것은 화를 내고 싸워서라도 지켜야하기 때문이다.

화가 난다는 것은 행복할 때 기쁨을 느끼는 것처럼 자연스러운 인간의 감정이다. 길을 가고 있는데 누가 와서 다짜고짜 욕을 하고 내 따귀를 때린다면 화가 나는 게 정상이다. 인간은 보호 본능을 가지고 있다. 때문에 나를 보호하기 위해, 내 영역을 보호하기 위해 화가 나는 것이다.

하지만 기쁨과 달리 화는 부정적인 감정이기 때문에 화를 내는 사람과 화를 내는 상대 모두에게 부정적인 영향을 미친다. 때문에 우리는 화가 나도 화를 내지 않는 것을 미덕처럼 여기기도 한다. 그런데 감정은 참는다고 없어지지 않는다. 화를 참다 보면 화를 잘 다스리는 사람이 되는 게 아니라 오히려 작은 일에도 쉽게 화를 내는 사람이 된다. 내 감정을 안으로 삭이고 또 삭이다 보면 응축된 분노가 어느 순간 일제히 터져 나오기 때문이다. 참았던 화가 가슴속에 켜켜이 쌓여 화에 더 예민해진다.

우리가 본능적으로 상황을 판단해 부정적인 감정이나 긍정적인 감정을 느끼고 나면, 그 감정은 다시 본능적으로 밖으로 표출되기를 원한다. 만일 본능을 억누른 채 감정을 표현하지 않는다면 그 감정은 결국 엉뚱한 곳에서 다른 형태로 표출된다. 그러므로 중요한 것은 화가 나지 않는 게 아니라 화를 표출하는 방식이다. 화가 나는 것은 분노를 느끼는 것에 불과하다. 그러나 화를 내는 것은 분노를 표현하는 것이다. 이를 구분할 수 있다면 언제, 어떻게 화를 낼지 스스로 선택할 수 있다.

우리나라는 유교 문화의 영향을 많이 받았는데 특히 부당한 대우를 받으면서도 참는 것이 미덕이라고 여겼다. 감정을 숨기고 누르고 참도록 배워온 사람에게 '화낸다'라는 감정 표현은 쉽지 않은 도전이다. 특히 강약 조절이 어렵다. 제대로 드러낸 적이 없으니 마치 상자 안에

하찮아지느니

서 눌려 있던 스프링이 뚜껑을 여는 순간 튀어 오르듯이 감정 표현이 과격하거나 다른 방향으로 엇나갈 수 있다. 하지만 튀어 오른 스프링은 언젠가는 제자리를 찾기 마련이다. 감정을 드러내는 연습을 한다면 상황에 맞는 적절한 표현을 할 수 있다.

화는 누군가의 말이나 행동에 내가 상처받았다는 자기표현이다. 즉 나를 지키기 위해 꼭 필요한 감정이다. 다만 이때 나의 상처를 치유하기 위해 상대에게 똑같이 상처 주는 말이나 행동으로 되돌려줘서는 안 된다. 내가 원하는 것이 무엇인지, 내가 얼마나 힘든지를 상대에게 제대로 전달하는 게 중요하다. 소리를 지르거나 상대를 비난할 필요는 없다. 화를 낸다는 것에는 방향성이 있는데 그 방향이 엉뚱한 곳을 향하지 않아야 한다. 스스로 화가 난 것을 알아차렸다면, 그 원인을 제공한 상대를 향해 내가 화가 났다는 사실을 단호하고 간결하게 전달하는 것으로 충분하다. 이때 다른 사람을 향해 화를 내거나 감정을 표출하면 그것은 제대로 화를 낸 것이 아니라 화풀이를 한 것이다.

(3부)

만만한 호구로 남지 않기로 했다

마부장에게 먹이를 주지 말 것!

내 잘못이 아닌데

왜 나만 힘든 거냐고 말하고 싶었지만,

그런 이성적인 논리로 해결할 수 있는

상황이 아니었다.

"머리는 장식품으로 달고 다니냐?"

"때려쳐, 이 새끼야. 꺼져. 인간 같지도 않은 새끼가 말이야."

"너희들 쟤랑 놀면 인생 고장 난다."

"이기려는 의지가 없어. 넌 나가 뒈져야 돼."

이 끔찍한 말은 모두 실제로 있었던 폭언이다. 직장 상사가 부하에게, 병원장이 권역외상센터 센터장에게, 교사가 학생에게, 감독이 전국체전에 참여한 선수에게 퍼부은 것이다. 실수나 잘못을 해 나무라거나 주의를 줄 수는 있다. 하지만 폭언을 해서는 안 된다.

폭언은 주로 철저한 권력 관계에서 일어난다. 자존감이 무너지고 모욕감을 느끼는 말을 들어도 참을 수밖에 없고, 참지 못하면 떠날 수밖에 없다는 걸 알고 하는 것이다. 이럴 때 계속 참는 것은 정답이 될 수 없다.

나 역시 직장 생활을 하면서 저열한 폭언이나 감정 폭

력을 여러 번 경험했다. 그럴 때 제대로 대응하지 못하면서 자존감이 지하 10층까지 떨어지는 것을 느꼈다. 내 잘못이 아닌데 왜 나만 힘든 거냐고 말하고 싶었지만, 그런 이성적인 논리로 해결할 수 있는 상황이 아니었다. 늪에 발을 들여놓은 것처럼 하루하루 조금씩 빨려 들어가는 기분이었다. 늪이 언제 나를 집어삼킬지 모른다는 스트레스가 너무 커서 하루 빨리 도망가고 싶었다.

드라마 〈미생〉에는 부하에게 갑질, 폭언, 성희롱을 일삼는 '마부장(송종학 분)'이 나온다. 어느 회사에나 한 명쯤은 있을 법한 그 캐릭터가 거침없는 막말을 뱉거나, 서류뭉치를 던지거나, 전화기로 몸을 쿡쿡 찌르는 모습을 볼 때마다 한숨이 나왔다.

마부장은 자신 대신 신입의 기획안이 채택되자 "나도 생각했던 거야. 그냥 막 지르면 다 아이디어 아냐?"라며 불편한 심기를 드러낸다. 끝내는 "네가 안 한다고 직접 애기해"라며 후배를 좌절시킨다. 후배가 잘못하면 "너네 일루 와"라며 공개적으로 그들의 상사를 망신 줘 팀 전체에 보복한다. 그의 인신공격은 성희롱까지 더해지면서 절정을 보여준다.

"이렇게 분내를 흘리고 다니니까 조심하라는 거 아니냐. 너 그래가지고 시집이나 가겠냐."

자신의 잘못을 지적한 안영이(강소라 분)가 동기 장백기(강하늘 분)와 이야기하며 웃는 모습을 보면서 한 말이다. 그래도 화가 풀리지 않은 마부장은 손에 든 뜨거운 커피를 끼얹기까지 했다.

막말과 횡포를 즐기는 마부장의 모습은 하루아침에 만들어진 것이 아니다. 그동안 그의 몰상식한 언행을 참아온 수많은 사람들을 거쳐 만들어졌다.

인디언들 사이에는 이런 이야기가 전해 내려온다.

"우리의 마음속에서는 두 마리의 늑대가 매우 끔찍한 싸움을 벌이고 있다. 그중 한 놈은 화, 분노, 욕심, 질투, 거짓말, 이기심과 같은 악(惡)을 가지고 있다. 다른 한 놈은 사랑, 기쁨, 웃음, 평화, 희망, 진실, 친절, 믿음과 같은 선(善)의 편에 서 있다. 그렇다면 두 마리 늑대가 싸우면 누가 이길까?"

답은 정해져 있다. '내가 먹이를 주는 늑대'이다. 만약 내 주위에도 마부장 같은 사람들이 마음껏 갑질을 하고 있다면, 그건 우리가 마부장 마음속의 악한 늑대에게 먹이를 주었기 때문이다. 그 먹이는 '내가 참아주는 것'이다. 지금껏 우리는 살아남기 위해 참았다. 그런데 참을수록 마부장 같은 갑들의 공격력은 점점 커졌다. 살기 위한 몸부림이 나 자신에게 더 큰 상처를 준 셈이다. 그러니 이제는 마부장에게 먹이를 주지 말자.

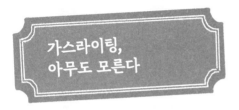

가스라이팅,
아무도 모른다

"너 그때 이런 말 했잖아.

기억 안 나? 나는 다 기억나는데."

"지난번에도 잘못하더니 오늘 또 그러네."

1938년 영국에서 연극 한 편이 막을 올렸다. 〈가스등 (Gas Light)〉이라는 제목의 연극에는 남편 잭과 아내 벨라가 등장한다. 내용은 이러하다.

잭은 보석을 훔치기 위해서 이웃집 부인을 살해하지만 결국 찾지 못하고 도망친다. 시간이 흘러 그는 부유한 여성 벨라와 결혼해 자신의 이웃집 부인이 살해당한 아파트를 사들인다. 그는 시간이 날 때마다 아내에게는 산책을 간다고 거짓말을 하고 다락방으로 올라가 어딘가에 숨어 있을 보석을 찾았다. 다락이 어두워 가스등을 켰는데 당시에는 가스 공급이 충분하지 않아 아래층의 등이 어두워지곤 했다.

벨라는 잭에게 "갑자기 등이 어두워지고 위에서 시끄러운 소리가 난다"라고 말한다. 몰래 보석을 찾는 것을 아내에게 들킬까 봐 두려운 잭은 모든 것을 벨라의 착각으로 꾸며내기 시작한다. 집안의 물건을 숨기고는 벨라가 물건을 잘 잃어버린다며 화를 냈고, 하지도 않은 말을 기억하지 못한다며 다그쳤다. 집안의 등을 일부러 어둡게 한 다음 벨라가 잘 보이지 않는다고 말하면 달라진 게 없는데 과민하게 반응한다고 몰아세웠다. 이런 일이 계속되자 벨라는 스스로의 판단을 믿을 수 없게 되었다. 그녀는 점점 자신에게 문제가 있다고 생각하고 무력감에 빠졌다. 그러면서 자신의 모든 것을 지적하는 남편에게 의지하면서 자아를 잃고 망가지고 만다.

이 연극은 여러 차례 영화로 만들어졌고 '가스라이팅(Gaslighting)'이라는 단어가 탄생했다. 가스라이팅은 가해자가 타인의 심리와 상황을 조작해 스스로를 의심하게 만들어 무력화시킨 뒤 지배력을 행사하는 심리적 폭력이자 학대다. 우리가 일상에서 맺은 인간관계에도 알게 모르게 가스라이팅이 발생하고 있다. 상대의 행동이 가스라이팅인 것을 모르고 있다가 뒤늦게서야 그 관계가 잘못되었음을 깨닫는 것은 서서히 단계적으로 진행되기 때문이다.

가스라이팅 1단계는 친밀감이다. 먼저 친해지고 난 다음 조금씩 서로의 생각과 태도에 영향을 미치는 것이다. 경계심을 푼 것을 확인한 상대는 본격적으로 우리의 생

하찮아지느니

각을 조종하려 한다. 그 방법이 2단계인 기억의 왜곡이다. 친밀한 관계를 이용해 내 판단이 틀렸다는 사실을 계속 알려준다.

"너 그때 이런 말 했잖아. 기억 안 나? 나는 다 기억나는데."
"지난번에도 잘못하더니 오늘 또 그러네."

이런 말로 기억을 왜곡시키면서 스스로의 기억을 의심하게 만들고 내 기억과 판단을 믿지 못하게 만든다. 동시에 자신의 생각과 주장이 옳다고 압박한다. 이때 반박하지 못하거나 사과를 한다면 가스라이팅에 빠지기 시작한 것이다. 3단계는 미니마이징(mimimizing)이다. 왜곡된 기억을 두 사람만의 문제로 삼지 않고 주변 사람들에게 폭로함으로써 나를 별것 아닌 사람으로 기억하게 만든다. 이제 나는 비논리적이고 자주 착각하며 잘못을 자주 저지르는 부족한 사람이 되어버렸다. 이 모든 과정은 마지막 4단계를 위한 준비다. 이때부터 상대는 내 생각과 의견을 하찮은 것으로 여긴다. 그로 인해 괴로워하는 모습 역시 무시한다.

드라마 〈청춘시대〉에서 예은(한승연 분)과 두영(서일주 분)은 연인이다. 그런데 두영은 툭하면 예은을 탓한다. 약속시간에 늦은 것을 서운해 하는 예은에게 "한 시간도 못 기다려 주냐"며 오히려 화를 낸다. 더욱 가까워지고 싶은 마음에 친한 친구를 소개시켜주자 "너 나보다 좋은 학교 다닌다고 무시하냐"며 소리 지른다. 전형적인 가스라이팅이다. 두영의 감정 폭력을 참지 못한 예은은 결국 이별을 선택한다. 그러자 두영은 예은을 납치하기까지 한다. 감정 폭력이 신체적 폭력으로까지 이어진 것이다.

가스라이팅으로 생각을 조종하는 사람들은 자존감이 낮은 편이다. 자존감이란 인간관계나 사회생활, 직업 등의 영역에서 스스로 가치 있는 존재라고 느끼는 것이다. 내가 나를 바라보는 태도를 말한다. 자존감이 낮은 사람은 스스로를 남들보다 못한 사람이라고 여긴다. 여기에서 오는 무력감과 분노를 해소하기 위해 다른 사람을 통제하고 공격하려 한다. 타인을 깎아내림으로써 자신의 위치를 높이려는 것이다.

자존감 낮은 사람이 타인을 이용해 자신의 자존감을 높이려는 게임에 휘말리면 안 된다. '나는 옳고 너는 틀렸다'라는 메시지를 지속적으로 보내는 사람에게는 화를 내고 반박해야 한다. 이럴 때 우리는 몇 가지 전략을 사용할 수 있다.

거부하기: "네가 자꾸 부정적으로만 보니까 그래."

화제 돌리기: "아, 맞다! 그때 말한 거 생각나?"

반박하기: "정확하게 알려줄게."

불신하기: "에이 너도 잘 기억 못 하잖아. 네가 틀린 거 아니야?"

의도적인 망각과 부인하기: "내가 그렇게 말했다고? 기억이 안 나는데. 나는 그렇게 말하지 않은 것 같은데."

나에게 지속적으로 나쁜 조언을 하거나, 내가 틀렸다는 것을 계속해서 강조하는 사람이 있다면 가스라이팅을 의심하자. 일종의 갑을관계가 생기는 이 정서적 세뇌에 빠지지 않기 위해서는 우선 상대의 지적이 옳은지 그른지를 판단하기보다 스스로 판단할 시간을 갖겠다고 말하자. 그럼에도 만일 상대가 "널 위해서 그러는 거야", "널 사랑해서 그러는 거야" 따위의 말을 한다면 가스라이팅을 시도하는 것이다. 자신의 낮은 자존감을 채

우기 위해 내 자존감을 갉아먹으려는 사람이 있다면 앞의 말들로 대응하자. 자신의 영향력이 통하지 않는다는 것을 확인한다면 그들은 섣불리 게임을 걸어오지 않을 것이다.

만만한 호구로
남지 않기로 했다

친구, 직장 동료, 상사 등

나를 둘러싼 사람을 바꾸기는 어렵다.

하지만 그들을 대하는 나의 행동은 바꿀 수 있다.

"술은 여자가 따라야 맛있는데, 같이 술 한잔하시죠?"

이 충격적인 말을 처음 들은 건 스물여섯 살 때였다. 회사의 거래처 사람이 내 앞에 술잔을 들이밀며 한 말이었다.

'나한테 왜 이런 말을 하지?'

아직 무례하고 매너 없으며 개념 따위는 개나 줘버린 이런 사람을 만나본 경험이 별로 없던 나는 이 상황에서 어떻게 반응해야 좋을지 몰라 얼떨떨한 기분이었다. 그리고 10분도 되지 않아 현타(현실 자각 타임)가 왔다.

'아, 이게 말로만 듣던 성희롱이구나.'

생각해 본 적도 없었던 일을 직접 마주하고 보니 그 실체를 바로 깨닫기는 어렵다는 것, 그리고 그것이 '직장 내 성희롱'일 경우에는 그 자리에서 내가 어찌할 도리가 없음을 알게 됐다.

그때의 나는 대학을 졸업한 지 얼마 되지 않아 사회

생활이란 것을 많은 사람들과 부딪히며 겪는 중이었다. 말단사원, 막내, 신입이라는 꼬리표를 달고 있으니 언제 어디서든 참고 이겨내야 한다는 생각뿐이었다. 게다가 나는 그 회사의 정직원이 아니라 프리랜서로 일하는 단기 임시직이었다. 한마디로 외주자에 가까웠다.

술자리에서는 아무 일도 아닌 척 넘어갔으니 그냥 잊어버릴까도 생각했지만 며칠 동안 '술은 여자가 따라야 맛있다'라는 한마디가 머릿속을 떠나지 않았다. 지금 말하지 않으면 앞으로 나를 평생 따라다닐 것 같아 회사의 관리자에게 이야기했다.

"혹시 그렇게 말할 만한 빌미를 준 건 아니고?"

회사의 최고 을에 나이도 가장 어린 내가 이 말을 듣고 할 수 있는 대응은 없었다. 그렇게 나는 회식 자리에서 1차 가해를, 상사에게서 2차 가해를 받았다. 졸지에 피해자에서 성희롱을 유발한 호구가 된 나는 깨달았다.

'이것은 내가 스스로 해결해야 하는 상황이구나.'

친구, 직장 동료, 상사 등 나를 둘러싼 사람을 바꾸기는 어렵다. 하지만 그들을 대하는 나의 행동은 바꿀 수 있다. 나를 바꾸면 나를 상대하는 사람들의 태도도 조금씩 바뀐다. 달라진 내 모습을 보여줄 기회는 생각보다 빨리 찾아왔다.

계약 기간을 연장해 두 번째 프로젝트에 참여하기로 하면서 새로운 회사와 업무 미팅을 했다. 회의가 끝나자 자연스럽게 회식 이야기가 나왔다. 그날 이후 나는 되도록 외부 업체와의 술자리에는 가지 않았다. 선약이 있다는 내 말에 곧바로 이런 대답이 들려왔다.

"에이, 남자끼리 무슨 재미로 술을 마셔요. 술자리엔 여자가 있어야 재밌지. 같이 가시죠?"

어쩜 그렇게 똑같은 말을 하는지. 똑같은 레퍼토리는 이제 정말 그만 듣고 싶다. 지난번엔 아무 말도 못 했지만 이번엔 용기를 내 말했다. 주변 사람들에게 다 들릴 만큼 크고 놀란 목소리로.

"네? 지금 뭐라고 하셨어요? 제가 지금 들은 말, 성희롱인 거 아시죠?"

어리고 직급 낮은 거래처 여자, 그러니 '장난 좀 쳐도 웃으면서 받아주거나 못 들은 척 넘어가겠지'라고 생각

하찮아지느니

했을 것이다. 하지만 또 참으면 나는 무례한 말을 해도 괜찮고 희롱을 걸어도 그냥 넘어가주는 호구로 남게 된다. 그게 싫었다.

내 문제를 스스로 해결하기 위해 나는 목소리를 냈다. 그때부터 그가 한 말은 우리 두 사람의 사적인 영역이 아니라 공적인 영역의 주제가 되었다. 주변 사람들의 시선이 우리 둘에게 집중되자 그 남자는 얼굴이 빨개져서 도망치듯이 눈앞에서 사라졌다. 그때 든 생각은 '해냈다'는 뿌듯함이 아니었다. '처음에 그런 말을 들었을 때도 이렇게 말했어야 했는데'라는 허탈함이었다. 제때 말하지 못한 한마디가 꽤 오랜 시간 나를 힘들게 했기 때문이다.

일본의 심리학자 기시미 이치로는 《미움받을 용기》에서 이렇게 말했다.

"인생은 내가 아무리 노력해도 10명 중 1명이 나를 좋아하고, 7명은 그저 그렇게 생각하며, 나머지 2명은 나를 싫어할 수밖에 없다. 우리에겐 이런 진실을 받아들일 용기가 필요하다."

그런데 나는 여기에 한 사람이 빠졌다고 생각한다. 바로 나 자신이다. 가장 중요한 것은 내가 나를 가장 좋아해 주어야 한다는 사실이다. 이것이 전제가 되어야만 미움받을 수 있는 용기도 가질 수 있다. 불편한 것을 불편하다고 말하기 전까지 나는 한동안 내 마음을 지키지 못했다는 사실 때문에 힘들었다. 처음 내가 아무 말도 하지 못했던 이유는 내가 내 편이 되어주지 못해서 그런 것이다.

착한 사람과 만만한 호구는 한 끗 차이다. 내 마음을 불편하게 하는 것들에 할 말은 하는 사람과 아무 말도 못 하는 사람. 나는 무슨 일이 있어도 호구가 되지 않기로 했다. 불편한 마음들이 솟아날 때는 그냥 지나치지 않고 내 마음이 어떤지 살펴보고 바라봐 주기로 했다. 이런 습관은 생각보다 꽤 강력한 힘을 발휘했다. 나도 몰랐던 내 마음과 감정이 조금씩 보이기 시작한 것이다. 내 마음을 중심에 두고 내가 내 편이 되어주면서 나는 만만한 호구에서 탈출할 수 있었다.

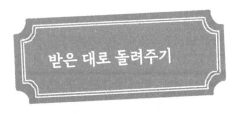

받은 대로 돌려주기

기분이 나쁘긴 했지만 내가 조금 전 했던 말을

나에게 그대로 돌려준 것뿐이었다.

나는 패배를 인정하고 함부로 지껄인 것을 반성했다.

아침 일찍 학원에 가기 위해 택시를 잡고 있었다. 출근 시간이라 그런지 빈 택시가 잘 보이지 않았다. 몇 분을 기다려서야 겨우 '빈차'라는 불빛이 들어온 택시 한 대를 잡았다. 뒷좌석의 문을 여는 순간 다급한 발소리가 들렸다. 부부처럼 보이는 두 사람이 내 뒤에 서 있었다. 놀란 나를 붙들고 여자가 말했다.

"혹시 어디까지 가세요?"

"네? 그건 왜 물어보시는 건데요?"

"저희가 지금 출근을 해야 하는데 택시가 너무 안 잡혀서요. 혹시 같은 방향이면 합석 좀 할 수 있을까요?"

"회사가 어디예요?"

"강남이요."

"아, 저랑은 방향이 안 맞네요. 저도 학원 시간이 급해서요. 죄송해요."

합승 요구를 재빨리 거절하고 택시를 탔다. 뒷좌석 문을 닫는 사이로 "아이씨, 지각하겠다"라는 남자의 짜증

난 목소리가 들렸다. 택시가 출발하자마자 중얼거렸다.

"그냥 회사 근처에서 살면 되지 왜 이렇게 멀리 살면서 택시를 타고 출근을 하냐. 아니면 좀 일찍 나오던가."

항상 직장 근처에 살았던 탓에 나도 모르게 튀어나온 말이었다. 저마다의 사정이 있는데 내가 뭐라고 그런 말을 했는지 모르겠다. 게다가 분명 그 부부는 나에게 회사가 강남에 있다고 했다. 강남 집값을 모르는 것도 아니면서 불쑥 튀어나온 말에 나도 좀 놀라 괜스레 택시 기사의 눈치를 살폈다. 못 들은 건지, 아니면 못 들은 척하는 건지 몰라도 다행히 아무 말이 없었다.

그런데 생각보다 길이 많이 막혔다. 수업 시간은 가까워져 오는데 택시는 슬금슬금 기어가고 있었다. 이대로 내려서 지하철을 타는 게 나을까 하는 생각이 들었다.

"기사님 길이 왜 이렇게 막히는 거예요? 사고라도 났나요? 학원 수업 시간까지 갈 수 있나. 시간이 간당간당하네."

그러지 지금껏 말이 없던 택시 기사가 입을 열었다.

"그러게 학원 근처에서 살면 되지 왜 이렇게 멀리 살아요."

순간 뒤통수를 세게 한 방 맞은 기분이었다. 기분이

나쁘긴 했지만 기사는 내가 조금 전 부부에게 했던 말을 나에게 그대로 돌려준 것뿐이었다. 도무지 화를 낼 재간이 없었다. 나는 패배를 인정하고 함부로 지껄인 것을 반성했다.

다른 사람과 대화를 하다 보면 누군가 나에게 감정적인 시비를 걸거나 비이성적으로 대할 때가 있다. 이럴 때 우리가 보이는 반응은 크게 두 가지다

첫째는 이 상황이 자신의 잘못이라고 생각해 스스로를 탓하고 오히려 상대에게 미안해하는 것이다. 주로 나와 상대의 관계에서 자신이 약자라고 생각할 때 이러하다. 이때 표출하지 못한 화는 결국 오롯이 자신이 감당해야 한다. 참은 분노가 우울증으로 오기도 하고 화병에 걸리거나 애꿎은 사람에게 화풀이를 하기도 한다.

둘째는 그 순간에는 참는 듯하지만 속으로는 복수를 결심하는 것이다. 한국 사회에서 가장 일반적으로 나타나는 반응이다. 문제는 복수가 쉽지 않다는 데 있다. 가령 직장 상사와의 사이에서 벌어진 감정적 대응이라면 일부로 일을 엉망으로 처리하거나 은근히 무시하는 식으로 소심한 복수를 한다. 하지만 그것만으로는 화라는

하찮아지느냐

감정이 모두 해소되긴 어렵다.

이럴 때 좋은 방법이 바로 상대가 한 말이나 행동을 그대로 돌려주는 것이다. 택시 기사가 나에게 한 것처럼. 받은 대로 돌려주는 '눈에는 눈, 이에는 이' 방식이 꽤 효과적인 것은 오스트리아의 심리학자 프리츠 하이더(Fritz Heider)가 주장한 인지 일관성 이론(cognitive consistency theory) 때문이다. 사람들은 자신이 과거에 했던 말이나 행동과 현재의 말과 행동에 일관성이 있기를 바란다. 물론 모순되는 것이 인간이기는 하지만 자신이 기억하고 자각하고 있다면 일관성을 유지하고 싶어 한다. 이런 심리를 활용하는 것이다. 자신이 과거에 내뱉었던 말을 상대가 그대로 되돌려주면 인지 일관성을 유지하려는 습성 때문에 쉽사리 반박하지 못하고 화를 낼 수도 없다.

이들 두 가지 외에 다른 반응은 상대에게 크게 화를 내거나 분노를 가감 없이 드러내는 것이다. 이 경우 대부분 화를 내고 후회한다. 화에 더 큰 화로 맞서면 더 큰 분노가 만들어져 결국 두 사람 사이에는 미움이나 증오 같은 감정만 남는다. 다시는 안 볼 사이가 아닌 이상 무작정 화를 내는 것은 스스로 무덤을 파는 것과 다르지 않다. 심한 경우 감정싸움이나 몸싸움으로 이어지기도 한다. 그보다는 받은 대로 돌려줘 상대가 대꾸할 수 없게 만드는 것이 훨씬 효과적이다.

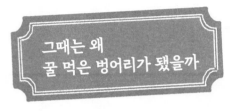

**그때는 왜
꿀 먹은 벙어리가 됐을까**

"함께해서 더러웠고, 다신 만나지 말자."

이 말을 세 사람에게 매우 우아한 버전으로 들려준 것이다.

친구가 지인을 통해 한 모임에 초대를 받았다. 친구를 모임에 초대한 사람은 업무 관계로 알게 되었는데 관심 분야도 잘 맞고 이야기가 잘 통했다고 한다. 그녀가 소개하는 모임이라면 분명 일하는 데 도움이 되는 정보를 많이 얻을 수 있을 것 같아 친구는 초대를 흔쾌히 받아들였다. 며칠 뒤 친구에게 모임 장소와 시간을 알려주는 메시지가 왔는데 검색해보니 엄청 비싼 레스토랑이었다.

모임 당일, 친구는 신입 회원답게 제일 먼저 가서 다른 사람들을 기다렸다. 마침내 네 사람이 모두 모였고, 지인은 친구를 다른 사람들에게 소개했다. 여기까지는 더할 나위 없이 분위기가 좋았다. 그런데 친구 소개와 인사가 끝나자마자 나머지 세 사람은 생전 처음 보는 방식으로 인사를 나눴다. 가방으로 인사를 하더라는 것이다.

"신상이야? 얼마짜리야?"

"어디서 샀어? 백화점에 재고 없다고 하던데."

"잡지에서 본 것보다 실물이 훨씬 예쁘다."

가방의 가격, 크기, 색깔, 예약 가능 여부, 신상품 등에 관해 몇 분 동안 쉴 새 없이 떠들던 세 사람 중 하나가 친구에게 물었다.

"자기 가방은 어디에서 산 거야?"

친구의 가방은 집 앞의 작은 가게에서 5만 원 주고 산 것이었다. 친구는 가게 이름을 말했다.

"처음 듣는 브랜드네. 어디 백화점에 입점한 거야?"

"그냥 우리 집 앞에 있는 보세에서 산 거예요."

이 말을 하고 나니 갑자기 분위기가 달라졌다고 한다.

"그래도 명품 하나쯤은 갖고 있어야지. 직업이 없는 것도 아니고, 나이도 꽤 있는데…"

비아냥거리듯 돌아오는 말에 기분이 상했지만, 모임에 초대한 지인의 체면을 생각해 친구는 웃어넘겼다. 처음 만나는 자리에서 감정 상할 일을 만들고 싶지도 않았다.

주문한 음식이 나왔지만 이야기의 주제는 달라지지 않았다. 가방에서 옷, 신발로 옮겨갔을 뿐이었다. 변한 것이라고는 처음과 달리 은근히 친구를 무시하는 나머지 세 사람의 말투였다. 명품백 하나 없는 게 이렇게 무시당할 일인가 싶은 친구는 애써 괜찮은 척 웃으며 세 사람에게 물었다.

"언니들, 지금 입은 옷이랑, 가방, 신발 가격 다 더하면 얼마쯤 해요?"

그러자 나머지 세 사람은 진지하게 자신이 걸친 것들의 가격을 매기기 시작했다. 뿌듯한 표정으로 말하는 세 사람의 금액은 적게는 300만 원에서 많게는 1천만 원 정도였다. 세 사람이 그날 치장한 금액을 모두 더하니 얼추 2천만 원이 나왔다.

친구는 가방에서 자동차 키를 꺼냈다. 그녀는 얼마 전 1억 원 가까이 하는 외제 차를 샀다.

"언니들 저는 가방에는 관심이 없어요. 그냥 가볍고 튼튼하고 수납할 공간이 많으면 돼요. 대신 저는 자동차에는 관심이 많아요. 운전하는 시간도 많고, 사고가 날 수도 있으니까 튼튼한 자동차가 필요하더라구요. 그래서 자동차에는 돈 안 아껴요. 지난달에 9천만 원 조금 넘게 주고 새 차로 바꿨어요. 언니들은 어떤 차 타고 다니세요?"

한 사람은 어색하게 웃으며 눈치를 봤고, 다른 사람은

친구의 말을 못 들은 척했다. 친구를 모임에 초대한 지인은 소심한 목소리로 국산 차 브랜드를 말했다.

"저는 언니들이 국산 차 탄다고 해서 부끄럽지 않아요. 벤츠도 못 끌고 다니니까 상대하지 말아야지 하는 생각도 안 들어요. 그런데 제가 이 모임하고는 안 맞는 거 같아요. 저는 여기서 일어날게요. 오늘 덕분에 제 자동차보다 값비싼 걸 배웠네요."

친구는 쉬지 않고 이렇게 말한 뒤 자기 몫의 음식값만 계산하고 그 자리를 박차고 나왔다고 한다.

"함께해서 더러웠고, 다신 만나지 말자."

이 말을 세 사람에게 매우 우아한 버전으로 들려준 것이다.

사실 친구는 예전에도 같은 경험을 했다고 한다. 대학 동기들 모임에 에코백을 메고 나갔는데 "나이가 몇인데 천 가방을 들고 다니냐"는 말을 들었단다. 그 자리에서 친구는 남들의 명품 가방 자랑에 좋겠다, 부럽다는 말이나 겨우 하고 왔다.

그런데 집에 도착해서도 자신의 에코백을 비웃은 동기들의 말이 계속 생각났다. 단 한 번도 에코백이 부끄러운 적이 없었는데 왜 아무 말도 못 하고 웃기만 했는지. 당시 친구의 생활 동반자였던 에코백을 멜 때마다 하지 못한 말이 떠올랐다.

"왜 이래, 나 대출 없는 집 가진 여자야!"

당시에 동기 중 집을 산 애들은 손에 꼽을 만큼 적었고, 대출 없는 녀석은 없었다.

'내 에코백을 천가방이라며 놀리는 애들에게 저 말을 멋지게 날렸어야 했는데 왜 나는 그때 꿀 먹은 벙어리가 됐을까.'

친구는 꽤 오랜 시간 이 생각을 했고, 다음에 똑같은 일이 생기면 그때는 꼭 그날의 수모를 되갚아주겠노라 다짐했다. 두 번 다시는 뒤돌아서서 후회하고 싶지 않았다. 그리고 몇 년 뒤 거짓말처럼 자신의 보세 가방을 무시하는 사람들을 만났다. 이번엔 꿀 먹은 벙어리로 남지 않았다. 흥분하지 않고 차분히, 그러나 당당하게 사람들의 비웃음에 더 큰 비웃음을 날렸다.

후배는 나에게 '할 말도 못 하고, 관계도 못 끊는' 괴로움의 반대편에 '할 말은 하고, 쓸모없는 관계는 끊어버리는' 통쾌함이 있다는 걸 이제껏 몰랐다는 게 억울하다며 웃었다.

하찮아지느니

누군가가 공격을 하거나 말싸움에 휘말렸을 때 예전의 후배처럼 분위기를 깨기 싫어 마음과 다른 말을 하는 사람이 있는가 하면, 말 한마디 못하고 어버버 하다가 싸움에 밀리거나 상황이 지나가고 마는 사람도 있다. 그러다 집에 돌아와서 잠이 들기 전에야 비로소 완벽하게 반박할 만한 논리 정연한 말들이 파바박 떠오른다. 다시 한번 그 상황이 되면 누구보다 잘 말할 수 있을 것 같은데 이미 늦었고, 제대로 대꾸도 못 하고 당하기만 한 내가 답답하다. '그때 이렇게 말했어야 했는데' 하는 생각과 꿀 먹은 벙어리 같았던 나에게 분한 마음이 들어 이불킥을 한 경험은 누구나 가졌을 것이다.

정서심리학에서는 즐거움 같은 긍정적인 감정은 시간이 지나면 자연스럽게 사라지지만 분노와 고통은 문제해결이 되지 않으면 계속 유지된다고 말한다. 후배가 모임 이후 한동안 에코백을 볼 때마다 그걸 비웃던 친구들 앞에서 꿀 먹은 벙어리가 된 자신의 모습이 떠올라 화가 났던 것도 이 때문이다. 참아서 문제가 해결되면 그냥 참으면 된다. 하지만 결국엔 제대로 말하지 못한 나를 답답해하며 또다시 이불킥을 날리고 만다. 감정조절을 잘하는 건 잘 참는 게 아니다. 오히려 자신에게 독소를

쌓아놓는 것이다. 그래서 우리는 말하지 못한 것을 후회
할 일을 만들지 않아야 한다.

참으면 곪고,
곪으면 터진다

감정은 억누른다고 사라지는 게 아니다.

압력밥솥에 증기가 가득 차 있는데

빠져나가지 못하게 하면 어떻게 될까.

폭발하고 말 것이다.

"콘플레이크 먹다가 이혼을 결심했어요."

지난해 한 커뮤니티에 올라온 글 제목이다.

글을 쓴 여성은 자신이 매우 무던한 성격이라고 했다. 남편이 친구들과 수시로 밤낚시를 가도 괜찮다고 했고, 낚시를 끝내고 친구들과 들이닥쳐도 한 번도 화를 내지 않았단다. 사소한 일로 남편이 시비를 걸거나 화를 내도 그냥 넘어가고는 했다. 그러다가 그녀가 콘플레이크를 먹는 모습을 보고는 어김없이 시비를 걸던 남편과 다투던 어느 순간 한계를 뛰어넘지 못하고 이혼을 결심했다.

몇 달 뒤 남편의 친구들이 이혼 소식을 듣고 만나자는 연락을 했다. 그들은 미안하다며 사과했다.

"제수씨 미안해요. 그 녀석이 자기는 밤낚시 하느라 집에 못 들어간다고 말해도 제수씨가 화를 안 낸다고 하길래, 우리가 일부러 밤늦게 쳐들어간 적이 많았어요. 그리고 언제 제수씨가 화를 낼지 내기도 했었어요. 그게

하찮이지느냐

이혼까지 갈 줄은 진짜 몰랐어요. 다 우리 잘못이에요."

그녀는 이 말을 듣고 남편에게 연락했다.

"미안해. 다 내 잘못이야. 다른 친구들은 낚시 한 번 가려고 힘들게 허락받고 아내 눈치도 많이 보는데, 당신은 그러지 않아서 한번 시험해보고 싶었어. 도대체 언제 화를 낼까 하고. 예전에 동영상을 하나 봤는데 계란 노른자에 이쑤시개를 꽂아도 안 터지더라고. 그러다가 여러 개를 꽂으니까 어느 순간 노른자가 터져버리더라. 그걸 보면서 대체 얼마나 많은 이쑤시개를 찔러야 당신이 터질지 궁금했어. 그래서 호기심에 일부러 당신이 하는 걸 다 트집 잡았어. 계속하다 보니까 당신이 밥 먹는 모습만 봐도 진짜로 화가 나서 더 심하게 굴었어. 그러다가 노른자가 터져 버렸고. 주워 담을 수 없는 지경이 되고 나서야 아차 싶었어. 되돌리지 못한다는 걸."

물리학에는 에너지 총량 불변의 법칙이 있다. 에너지의 양은 증감 없이 항상 일정하다는 것이다. 감정에도 이 법칙이 적용된다. '감정 총량 불변의 법칙'이라고 할 수 있다. 우리에겐 감정이라는 에너지가 있는데 여기에도 총량이 있어, 감정을 느끼면 다양한 방법으로 표현을 하게 된다. 그런데 그것을 표현하지 않으면 감정은 다른 방식으로 표출하려고 한다.

　아내는 이유를 알 수 없는 남편의 투정과 트집이라는 감정을 새로 받아들였다. 하지만 별다른 표현을 하지 않았다. 겉으로는 평온해 보일지는 몰라도 나가지 못하고 쌓인 불편한 감정은 아내를 괴롭혔다. 결국 그녀는 표현하지 못한 감정을 하나로 뭉쳐 '이혼'으로 만들었다. 만일 남편이 시비를 걸 때마다 그녀가 "그렇게 화를 내는 이유가 뭐야?", "내가 왜 당신의 짜증을 받아줘야 해?", "대체 뭐가 불만이야?"라며 감정을 표출했다면 결말은 달라졌을지도 모른다.

　화라는 감정을 잘 표현한다는 건 어려운 일이다. 특히 동양권 문화는 화를 비롯해 우울, 불안, 슬픔과 같은 부정적인 감정을 밖으로 표출하기보다 안으로 쌓아두고 삭이는 것을 미덕으로 여겼다. 그래서 우리는 화가 나도 괜찮은 척, 참으며 평온한 모습을 보여야 한다고 배우며 자랐다.

　하지만 감정은 억누른다고 사라지는 게 아니다. 불 위에 올려놓은 압력밥솥에 증기가 가득 차 있는데 빠져나가지 못하게 하면 어떻게 될까. 뜨거워진 밥솥은 내부의 압력을 견디다 못해 폭발하고 말 것이다. 내용물은 사방으로 튀고 밥솥은 망가져 다시는 사용할 수 없게 된다. 그렇다고 한 번에 뚜껑을 열어서도 안 된다. 화상을 입기 쉽다. 그러기 전에 밥솥의 압력을 조금씩 낮춰주는 작업이 필요하다. 내 감정이 부글부글 끓고 있다는 것을 인식하게 된다면 화의 압력을 조금씩 줄여나갈 방법을 찾아야 한다. 바로 표현이다.

스탠퍼드 대학교의 제임스 그로스(James Gross) 교수와 텍사스 대학교의 제인 리처드(Jane Richard) 교수는 감정에 관한 실험을 했다. 두 그룹에 영화를 보여주면서 한쪽에만 감정을 억누르면서 볼 것을 지시했다. 영화가 끝난 뒤 내용을 묻자, 감정을 억누르며 본 그룹은 상대적으로 내용을 제대로 기억하지 못했다. 감정을 억누르는 데 에너지를 모두 쏟은 나머지 제대로 할 수 있는 게 없었던 것이다.

이쑤시개로 계속 찔러도 안 터지던 노른자가 팍 터지는 한계를 임계점이라고 한다. 물리학에서 일정한 한계를 넘으면 경계가 사라지면서 성질이 달라지는 것을 뜻한다. 심리학에서는 참고 참다가 곪아 터져 끝내 포기하는 것을 말한다. 감정을 억누르며 참는다고 해결되는 것은 없다. 참는 데에도 에너지가 필요하다. 우리는 자신의 감정을 그렇게 아까운 곳에 써서는 안 된다.

반대를 위한 반대주의자

같은 말을 해도 얄밉게 쏘아붙이고

늘 반대를 위한 반대를 일삼는 사람들이 있다.

어딜 가나 꼭 딴지를 걸어서

자신의 존재감을 증명하려는 것이다.

영어 표현 중에 '악마의 변호인(Devil's Advocate)'이라는 것이 있다. 사전적 의미는 '논의가 활발하게 이루어질 수 있도록 일부러 반대 의견을 내는 사람, 반대를 위해 시비를 거는 사람'이다.

가톨릭교는 한 인물을 성인(聖人)으로 추대하는 심사 과정에서 의도적으로 후보자의 부도덕한 행위만을 집중적으로 파헤치는 한 무리의 신부들을 두었다. 이들은 후보자가 성인이 될 수 없는 이유를 들면서 집요하게 후보자를 괴롭히는 역할을 했다. 치열한 검증 끝에 문제가 없는 것으로 판결이 나야 비로소 성인의 반열에 오를 수 있었다. 이처럼 의도적으로 후보자를 반대하는 역할을 맡은 사람들을 가리켜 '악마의 변호인'이라고 부른 데서 이 표현이 유래되었다.

한마디로 모두가 '예스'를 외칠 때 무조건 '노'를 외치는 사람을 가리킨다. 영화 〈월드 워 Z〉에는 악마의 변호인과 같은 역할을 하는 '열 번째 사람'이 등장한다.

영화는 알 수 없는 원인으로 좀비가 발생하고, 그 좀비에게 물린 사람도 좀비로 변해버리는 바이러스가 전 세계적으로 빠르게 확산하는 장면으로 시작한다. 그런데 북한과 이스라엘, 이 두 나라만 아직 좀비 바이러스가 퍼지지 않고 있었다. 군인 출신 UN 소속 조사관 제리 레인(브래드 피트)은 바이러스를 퇴치할 방법을 찾기 위해 먼저 북한으로 간다. 그곳에서 제리는 독재국가인 북한이 바이러스가 퍼지는 것을 막기 위해 모든 사람들의 치아를 강제로 뽑았다는 사실을 확인한다. 이제 남은 나라는 이스라엘뿐이다.

놀랍게도 이스라엘은 좀비 바이러스가 퍼지기 전에 국가 전체를 둘러싸는 높은 장벽을 세워 좀비들의 침입을 막았다. 이곳에 좀비를 해결할 방법이 있을 거라 생각한 제리는 이스라엘의 정보기관인 모사드 요원 위겐 바름부른(루디 보우큰)을 만난다. 위겐은 도시 주변에 장벽을 쌓아 좀비의 공격을 차단하자고 주장한 사람이다.

어떻게 좀비 바이러스가 창궐할 것을 예측했는지 묻는 제리에게 위겐은 자신이 '열 번째 사람'이기 때문이라고 대답한다. 지금껏 끔찍한 재앙을 여러 번 겪어온 이스라엘은 어떤 상황에 관해 만장일치라는 합의를 이끌

어냈다고 해도 마지막 열 번째 사람은 반드시 그것에 관해 반대하는 관습을 지켜왔다.

"유대인들은 자신들이 수용소에 갇힐 줄 몰랐고, 모두가 공격받을 거라 생각하지 못했소. 세 번의 위기를 겪고 우리는 깨달았지. 설사 아홉 명이 맞다고 하는 의견이라도 열 번째 사람은 그 의견에 어떠한 근거를 대서라도 반대해야 한다고 생각했소."

결국 영화에서 '유능하지만 창의성이 부족하다'라는 평가를 받던 위겐은 열 번째 사람이었던 셈이다. 좀비가 나타났다는 소문을 허무맹랑하게 받아들이는 아홉 명과 달리 그는 반대 의견을 냈다. 실제로 좀비가 있기 때문에 소문이 도는 것이라는 위겐의 주장에 모사드는 혹시 있을지 모를 만약을 대비해 높은 성벽을 쌓은 것이다. 덕분에 이스라엘은 좀비의 침입을 막을 수 있었다. 잠시뿐이었지만.

모두가 찬성할 때 반대 의견을 제시해 또 다른 대안을 찾을 수 있는 역할을 한다는 측면에서 악마의 변호인은 꼭 필요한 존재다. 하지만 현대에 와서 이 표현은 논쟁에서 불리한 사람을 가리킬 때 흔히 사용된다. 특별한 이유 없이 단순히 심술궂음으로 사사건건 앞뒤 가리지 않고 반대하는 사람이 있기 때문이다.

같은 말을 해도 얄밉게 쏘아붙이고 늘 반대를 위한 반대를 일삼는 사람들이 있다. 어딜 가나 꼭 딴지를 걸어서 자신의 존재감을 증명하려는 것이다. 특별히 철학이나 이유가 있어서 반론을 제기하는 게 아니라 습관적으로 반대하는 사람 말이다. 주로 말꼬리를 잡고 늘어지거나 대화의 핵심을 벗어난 이야기에 집중해 훼방을 놓는다. 이들과 엮이면 감정이 상하는 것은 기본이요, 좀처럼 대화에 진전이 없다.

일반적으로 우리가 생각하는 대화는 이렇다.

"이번 주 토요일에 전시회 같이 갈래?"

"무슨 전시회야?"

"○○○이라고, 유명 작가야. 이번에 한국에서 딱 2주 동안만 전시하고 중국으로 간대."

"그럼 꼭 봐야겠다. 같이 가자."

이렇게 대화의 주제에 따라 자연스럽게 흐른다. 하지

만 반대를 위한 반대, 딴지 걸기 위한 대화를 하는 사람은 말꼬리를 잡는 데만 집중해 대화가 앞으로 나아가지 못한다.

"이번 주 토요일에 전시회 같이 갈래?"

"전시회는 뭐 하러?"

"○○○이라고, 유명 작간데, 이번에 한국에서 딱 2주 동안만 전시하고 중국으로 간대."

"그니까 평소에 전시회 잘 가지도 않으면서 뭐 하러 가는 건데?"

"미술 잘 모르긴 하지만 워낙 유명하다고 하니 이번 기회에 가서 보고 배우면 좋잖아."

"잘 알지도 못하는데 굳이 갈 필요가 있어?"

대화의 핵심은 전시회인데 반대를 위한 반대로 대화를 이끌어가니 결국 미술을 잘 모른다는 내용으로 빠지고 말았다. 이런 방식으로 대화의 맥락을 끊는 사람들이 많다. 중심 없이 무조건 반대하는 대화를 하다 보면 대화를 하자는 건지, 싸움을 하자는 건지 헷갈린다.

사람들은 자신의 생각과 마음을 존중해주는 상대를 좋아한다. 서로의 생각과 마음이 비슷하다고 판단하면 상대의 말에 맞장구치거나 자연스럽게 동의하게 된다. 이때 대화는 두 사람이 원하는 방향으로 수월하게 흘러 간다. 결국 상대에 맞게 유연한 대화를 하는 사람이 환 영받는다.

그렇다면 반대를 위한 반대를 하는 사람과의 대화는 어떻게 풀어가야 할까? 이들은 일관성의 동기를 가지고 있다. 자신이 과거에 언급한 말이 있다면 그 입장을 고수 하려고 하는 것이다.

"내 동생이 너무 철이 없어서 걱정이야. 군대라도 갔 다 오면 좀 나아지려나."

"동생 고생하는 게 그렇게 좋아? 나쁜 누나네."

반대를 위한 반대 때문에 친구와의 대화는 이렇게 허 무하게 대화가 끝이 났다. 며칠 뒤 친구를 다시 만났다.

"내 동생 군대 면제 판정받았어. 생각해보니 잘된 거 같아. 네가 군대 가면 고생한다고 했잖아."

여기서 친구가 반대를 위한 반대를 하면 며칠 전 자신 이 한 말을 스스로 부정하는 것이 된다. 딴지를 걸고 싶 지만 걸 수 없는 상황이 만들어졌다. 이렇게 반대를 위 한 반대주의자와 해야 할 말이 있다면 그들이 과거에 주장한 내용을 먼저 언급하자. 자신의 주장은 그다음에 이어간다.

〈성공하는 사람들의 7가지 습관〉에는 감정은행 계좌에 관한 이야기가 나온다. 책을 쓴 스티븐 코비(Stephen Covey)는 모든 사람에겐 감정은행 계좌가 있다고 말한다. 인간관계에서 쌓아 올린 신뢰의 정도를 비유적으로 표현한 것이 감정은행 계좌다. 다시 말해 다른 사람에게 갖는 안정감이다. 만일 내가 누군가에게 친절하고, 공손하며, 정직하고, 논리적이며, 합리적이라는 인상을 주었다면 감정은행에 상당한 저축을 해놓게 된다. 이런 관계에서는 내가 실수를 해도 감정계좌에 쌓아놓은 신뢰에 의지할 수 있다. 그리고 소통이 확실하지 않아도 내 의도를 금세 파악하고 대화가 매끄럽게 이어질 수 있도록 도와준다.

반대를 위한 반대주의자와의 대화는 감정은행 계좌가 텅텅 비어 마이너스 통장 상태가 된 것이다. 이런 관계는 아주 작은 일이 도화선이 되어 대화가 중단되고 서로에게 계속해서 실망감만 안겨주게 된다. 따라서 나의 말에 무조건 반대하는 상대와 대화를 이어가야만 하는 상황이라면 상대의 주장에 먼저 동의해보자. 자신의 말에

하찮마지느니

관해 일관성을 지키려는 성향이 강한 반대를 위한 반대
주의자들에게는 상대의 동조가 곧 감정은행 계좌에 입
금하는 역할을 한다. 뚝뚝 끊이지 않고 천천히 앞으로
나아가는 대화는 계좌의 잔고가 마이너스에서 플러스
로 돌아섰을 때 시작해도 늦지 않다.

상대의 짜증을
멈추는 기술

화를 낼 일이 아닌데 호통부터 치거나

툭하면 짜증을 내는 사람들이 많다.

그냥 넘어가자니 내 감정이 상하고,

그렇다고 화를 내자니 너무 사소한 일인 것 같아

망설여진다.

"차 뒤로 빼요."

며칠 전 새로 왔다는 주차 타워의 관리인이 주차하려는 나를 막아섰다. 목소리에 잔뜩 날이 선 것 같아 내가 뭘 잘못한 게 있나 생각하면서 잠시 기다리고 있었다. 그러자 금세 짜증 섞인 목소리가 들려왔다.

"아이씨, 차 빼라니까요!"

나는 관리인이 나에게 화를 내는 이유도, 주차를 하지 못하게 하는 이유도 알 수 없었다.

"그 말, 지금 저한테 하신 건가요?"

관리인의 짜증이 나에게 향한 것인지부터 확인했다. 그러자 이제 곧 주차된 자동차가 타워에서 나올 거라고 한다. 그 말을 듣고 보니 주차를 막아선 행동이 이해됐다. 하지만 소리 지르지 않고 차분하게 상황을 설명해줬다면 내가 영문도 모른 채 공격받을 일은 없을 것이다.

순간 어떻게 대처해야 할지 고민했다. 돈을 내고 서비스를 이용하는 고객인데 이런 대우에 화를 좀 내야 할까? 아니면 자주 보는 사람도 아닌데 그냥 넘어갈까?

화를 낼 일이 아닌데 호통부터 치거나 툭하면 짜증을 내는 사람들이 많다. 그럴 때마다 그냥 넘어가자니 내 감정이 상하고, 그렇다고 화를 내자니 너무 사소한 일인 것 같아 나도 똑같은 사람이 되는 건 아닌가 싶어 망설여진다. 이럴 때 대처하는 방법이 있다. 상대가 느끼는 감정을 읽어주는 것이다. 이를 '감정 명료화'라고 한다.

명료화는 상대의 감정이 전하는 메시지를 듣고 그것을 언어로 분명하게 표현해주는 것이다.

예를 들어 집에서 학원 간 아이가 돌아오기를 기다리고 있다고 하자.

"9시가 넘었는데 아직도 안 오네."

이렇게 말했을 때 "곧 오겠지"라고 대답한다면 감정 명료화를 하지 못한 것이다. 이와 달리 "걱정되나 보다"라고 말한다면 감정 명료화를 한 것이다. 상대의 감정을 읽고 그것을 언어로 표현해주었기 때문이다.

감정 명료화는 상대의 감정에 나도 동의한다는 뜻이

아니다. 그보다는 당신의 감정에 나도 집중하고 있다는 의미다. 즉 동감이 아닌 공감의 표시다. 걱정, 응원, 감동, 기쁨, 행복 등 긍정적인 감정의 명료화는 자신이 상대의 말을 정확하게 이해했다는 것을 보여주는 소통의 방식이다. 동시에 모호하거나 명확하지 않아 혼란을 줄 수 있는 상황에서 상대가 말한 내용을 내가 읽은 언어로 바꿔서 표현해 잘못된 것은 없는지 확인할 수도 있다.

반대로 짜증, 화, 분노, 시비 등 부정적인 감정의 명료화는 상황을 정리하고, 상대의 잘못된 행동을 멈출 수 있게 해준다. 대부분의 사람은 자신이 화가 난 듯한 표정 혹은 말투를 사용하고 있다는 것만 알려줘도 그 행동을 멈춘다.

10여 년 전 한 대학병원에서 건강검진을 받을 때였다. 지난 저녁부터 아무것도 먹지 못해 온몸에 기운이 하나도 없는 상태에서 이른 시간에 병원에서 여러 검사를 받았다. 그런데 검진실로 들어오라는 간호사의 호명을 듣고 들어가면 내가 아니라 다른 사람을 호명한 경우가 몇 번이나 반복됐다. 아마도 나와 비슷한 이름을 가진 사람이 그날 함께 검진을 받는 것 같았다. 한두 번은 그러려

니 하고 넘어갔다. 그런데 몇 번이나 잘못된 호명이 계속
되면서 이 진료실 저 진료실을 허둥대며 왔다 갔다 하는
사이 그나마 남아 있던 기력이 모조리 소진되고 간신히
부여잡던 정신력에도 한계가 오고 말았다.

사람이 많아 나중으로 미뤘던 채혈에서 인내심이 폭
발하고 말았다. 한 번에 채혈이 되지 않아 오른손에서
왼손으로 바꿔 다시 채혈을 하는데 나도 모르게 신경질
을 냈다.

"너무 아픈데요. 좀 살살 해주실 수 없나요?"

그러자 간호사가 물었다.

"검진받으면서 짜증 나는 일이 있으셨어요?"

이 말을 듣자마자 짜증이 사라졌다. 내가 짜증이라는
감정을 느끼게 한 장본인이 그 간호사가 아니라는 사실
을 깨달았기 때문이다. 나와 비슷한 이름의 환자를 혼동
하는 병원의 시스템이 불편했던 것일 뿐 간호사는 잘못
한 게 없었다. 그 사실을 간호사의 감정 명료화를 통해
알게 되었다.

누군가 나에게 부정적인 감정을 표출했을 때 그냥 넘
어가면 내 감정에 상처가 남는다. 똑같이 화를 내거나
분노, 짜증을 내면 부정적인 감정만 오히려 더 커질 뿐

아무것도 해결되지 않는다. 이럴 때 상대의 부정적인 감정을 멈추는 기술은 바로 그의 감정을 읽어주는 것이다.

"화가 났나 봐요."
"짜증 나는 일이 있으셨나요?"
"지루하신가 봐요?"

이런 식으로 상대가 느끼고 있는 감정이 겉으로 드러나고 있으며, 그것이 다른 사람의 눈에는 이런 식으로 읽힌다는 것을 알려주는 것이다. 대부분의 사람들은 자신의 부정적인 감정이 들켰다는 사실만 깨달아도 그 행동을 멈춘다.

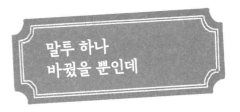

말투 하나
바꿨을 뿐인데

겨우 말투뿐이라고 생각할지 모르겠지만

말투가 주위 사람들에게 전달하는 것은 너무도 많다.

나에겐 패션계에서 일하는 두 명의 지인이 있다.

A는 자신의 브랜드를 가지고 있는 웨딩드레스 디자이너다. 그녀를 만난 사람들은 모두 기품 있고 고상하다는 느낌을 받는다. 꽤나 교양 있어 보이는 말투를 가졌기 때문이다. 다소 낮은 음정에 차분한 속도로 부드럽게 높낮이를 조절하며 말했다. 혹시라도 문제가 생겨도 흥분하는 일 없이 에둘러서 조곤조곤 설명하면서 풀어나갔다. 고가의 웨딩드레스를 입는 고객을 상대하면서 자연스럽게 익힌 그녀만의 기술이었다.

B는 방송계에서 꽤 유명한 실력 있는 스타일리스트다. 직선적인 성격만큼 자기표현도 확실하게 했다. 커다란 목소리에서는 에너지가 넘쳤고 늘 단어를 강조하면서 끊어내듯 대화했다. 높은 톤으로 남들보다 빠르게 말하는 그녀와의 대화는 귀에 꽂히듯 들렸다. 아마도 다이내믹한 업무 환경에서 만들어진 말투일 것이다.

특히 그녀가 담당하는 의상에 문제가 생기면 정말 파

이팅 넘쳤다. 마치 싸우자는 느낌으로 따지고 들었는데 저돌적인 모습을 보면 쉽게 다가가기 힘든 사람 같았다. 업계에서 그녀는 카리스마 넘치고 작은 일도 그냥 넘어가지 않는 까칠한 싸움꾼 스타일리스트였다.

완전히 다른 말투의 두 사람은 성격도 정반대다.

A는 얌전한 말투와 어울리지 않게 상당히 계산적이다. 100원이라도 손해 보는 것은 절대 용서하지 않는 데다 자신에게 도움이 되지 않는 사람은 가차 없이 끊어내기 일쑤다. 오랜 시간 알고 지낸 친구들이나 같이 일하는 사람들은 냉정하고 정 없다고 말하지만 말투 덕분에 고객에게는 누구보다 친절한 디자이너처럼 보인다.

B는 직설적인 말투와 달리 사소한 말에도 자주 상처받는다. 일을 하면서 다른 사람과 옥신각신하면서 주고받은 말을 몇 번이나 곱씹고 마음 아파한다. 그리고 자신의 말이 주변 사람에게 상처 준 것은 아닌지 걱정하는 것도 다반사다. 주변 사람들은 그녀가 말은 험하게 해도 솔직하고 순수한 어린아이 같은 모습이 자주 보인다며 사실은 누구보다 자신의 일을 사랑해서 그렇다는 것을 알게 되었다고 말한다.

사람의 본모습 많은 시간을 함께 보내는 사이 서서히

드러난다. 가족 같은 가까운 사이가 아닌 이상 본모습을 알기는 어렵다. 그러니 말과 행동처럼 겉으로 잠깐 보이는 것을 보고 상대를 판단할 수밖에 없다. 실제로는 여리고 정 많은 성격의 B지만 비난과 불만도 솔직하게 말하고 돌직구를 잘 날리는 말투와 행동은 다른 사람들에게 상처 따위는 받지 않을 사람처럼 보인다. 반대로 A의 본모습은 강인하고 냉정해 웬만해서는 다른 사람의 공격에도 흔들리지 않는 성격이지만 차분하고 조곤조곤하게 속삭이는 말투를 본 사람들은 그녀가 상처받을까 봐 늘 조심스럽게 말한다. 겨우 말투뿐이라고 생각할지 모르겠지만 말투가 주위 사람들에게 전달하는 것은 너무도 많다.

어느 날 A의 매장에 갔다가 고객과 그녀가 드레스 디자인으로 승강이를 벌이는 모습을 봤다. 고객이 입고 싶어 하는 웨딩드레스 디자인과 그녀가 고객에게 추천하는 디자인이 많이 다른 듯했다.

"원장님, 저는 무조건 머메이드라인으로 하고 싶어요."

"어머 그러시구나. 저는 지금까지 본 신부님 중에서 제일 귀여운 분이라 벨 라인이 정말 잘 어울리겠다고 생각했거든요."

"근데 잡지에서 봤을 때 머메이드 드레스가 제일 눈에 들어오더라구요. 오늘 입어보니까 제가 키가 작아서 기장이 많이 길긴 한데 이거 수선해주실 수 있죠?"

"당연히 수선은 할 수 있죠. 결혼식 날은 신부님이 주인공이니까 신부님이 원하는 드레스를 입는 게 제일 좋아요. 그런데 우리가 디자인한 벨 라인 드레스 허리 라인이 정말 아름답게 나왔는데…"

"아, 안 그래도 아까 벨 라인 드레스 입어보니까 저한테 잘 어울리긴 하더라고요. 그래도 머메이드 드레스 꼭 입고 싶었는데…"

"신부님이 키가 작다고 하셨는데, 벨 라인 드레스는 허리 라인이 위에 있어서 다리도 길어 보이고 허리 라인도 잘록하게 보여요. 이거 입으시면 신부님이 키 작다고 생각하는 하객은 없을 거예요. 그리고 신부님이 벨 라인 입은 모습이 너무 화사해서 제가 디자인한 게 맞나 싶었어요."

"그럼 저 벨 라인으로 결정할게요. 잘 부탁드려요."

"네, 너무 결정 잘하셨어요."

결혼식장에서 벨 라인 드레스를 입기로 한 신부가 돌

아가자 A가 그제야 속마음을 털어났다.

"키가 저렇게 작은데 머메이드 드레스를 입으려면 기장 수선을 얼마나 많이 해야 하는데. 가뜩이나 수선할 드레스가 많아서 힘든데 겨우 설득했네."

A의 본심은 최대한 수선을 적게 해도 될 드레스를 선택하게 하는 것이었다. 하지만 그녀의 차분하고 나긋나긋한 말투와 벨 라인 드레스를 입어야 할 이유를 잘 설명한 덕분에 마치 신부를 위한 최선의 결정인 것처럼 들렸다.

얼마 후 B와 만난 자리에서 비슷한 상황을 보았다. 각자 일하던 도중 잠시 짬이 나서 B와 만났다. 그녀는 자신이 담당하는 배우의 의상 때문에 들를 곳이 있다며 함께 가자고 했다. 얼마 후에 있을 시상식 드레스를 골라야 하는데 내 의견도 듣고 싶다는 것이었다.

우리가 도착하자 의상실에서 몇 벌의 드레스를 가져왔다. 그중에서 두세 벌을 골라 배우가 입은 모습을 본 다음에 최종적으로 드레스를 선택한다는 것이다. 의상실 직원은 크림색, 검은색 등 무채색 계열의 심플한 드레스를 추천했다. 하지만 그녀는 레드, 블루, 골드 컬러에 화려한 비즈와 레이스로 디자인한 드레스를 골랐다.

"실장님, 그거 너무 튀지 않을까요?"

"무슨 소리예요. 배우가 시상식에서 튀어야지 그렇게 존재감 없는 드레스를 입어서 좋을 게 뭐가 있어요."

"존재감이 없긴요. 이 드레스 다른 배우들이 입고 싶다고 얼마나 탐내는 건데요. 제가 실장님 생각해서 따로 빼놓은 건데. 배우 피부색이랑도 엄청 잘 어울릴 거 같은데."

"아니 내 스타일 몰라요? 내가 언제 무채색 드레스 고르는 거 봤어요? 거기다 다른 배우들이 탐냈으면 이런 색깔을 많이 골랐다는 건데 그럼 더 안 되죠. 색깔 겹치는 드레스 입는 게 배우한테 얼마나 손해인 줄 알잖아요. 화이트랑 블랙은 빼고 다른 드레스 있으면 더 보여 줘요."

"네, 실장님 말대로 아주 확 튀는 색으로 다시 가져올게요. 그리고 이건 다른 배우한테 넘길게요. 나중에 딴말 하지 마세요. 신경 써줘도 좋은 소리도 못 듣는데 앞으로 나랑 스타일 맞는 배우나 챙겨야지."

그날 B는 의상실 직원이 정말 앞으로는 자신을 챙겨 주지 않을까 봐 내내 걱정했다. 직원은 농담 반 진담 반의 뉘앙스로 말했지만 앞으로 이런 일이 몇 번 반복되면 B의 걱정이 현실이 될 것 같았다.

같은 말을 하더라도 조곤조곤 부드럽게 웃으면서 하는 사람과 무표정 무감정으로 파이팅넘치게 말하는 사람이 있다면 누구의 말을 들을 때 더 편안할까? 같은 말을 해도 유독 기분 좋게 들리는 사람이 있고 전혀 다른 말로 들리는 사람이 있다.

한마디만 해도 싫은 사람과 열 마디를 해도 좋은 사람을 가르는 것은 결국 말투다. 예의를 갖추고 상대가 말의 의도를 충분히 이해할 수 있을 정도의 설명과 부드러운 목소리로 하는 말을 들을 때 상대는 경계 태세를 낮춘다. 특히 부정적인 내용을 말해야 할 때 부드러운 말투를 사용하면 내용도 부드럽게 느껴진다.

나도 한때는 B처럼 파이팅이 넘치던 사람이었다. 말투와 행동, 목소리에 바짝 힘이 들어가 있었다. 싸우려는 의도가 아니었는데도 말투만으로 상대가 오해해 관계가 틀어진 경우도 있었다. 당시만 해도 무엇이 문제인지 몰랐던 나는 A와 친해지면서 조금씩 내 말투를 의식하기 시작했다. 말의 속도와 제스처, 목소리의 크기와 톤 등을 편안하고 부드럽게 바꾸려 노력했다. 그러자 할 말을 다 하는 것은 변함이 없는데 받아들이는 사람의 태도가 눈에 띄게 바뀌었다. 부담스러워하거나 싸우려는 줄 알고 오해하는 사람이 없어졌다. 그저 말투 하나 바뀌었는데 말이다.

(4부)

저기요, 선 넘지 마세요

우리가 친한가요?

사람과 사람 사이에는 보이지 않는 '선'이 존재한다.

관계를 유지하거나 무너뜨리는 것이 바로 선이다.

두 사람 사이의 선을 함부로 넘는 순간

관계는 흔들리고 무너진다.

"왜 결혼 안 하세요?"

어느 날 처음 만난 사람이 다짜고짜 물었다. 내가 그
사람에 관해 아는 것이라곤 이름, 성별, 직업이 고작이
다. 일로 만난 사이인데 나이를 묻는 게 꺼림칙했지만
싫은 티를 내지 않고 대답해준 게 화근이었다.

서른을 넘기고 수없이 들었던 '결혼'에 관한 질문은 아
이러니하게도 마흔이 넘고 나니 오히려 훌쩍 줄어 최근
에는 거의 듣지 못했다. 아마도 내가 돌싱은 아닐까 하
는 생각에 차마 물어보지 못하는 것 같았다. 그러니 이
런 선제공격은 오랜만이었다. 방심한 사이에 당했다는
패배감보다 이렇게 매너 없는 사람과 앞으로 몇 번이나
더 만나 일 이야기를 해야 한다는 좌절감이 더 컸다. 그
날의 나는 대답 대신 다른 이야기를 꺼내는 것으로 상대
의 무례함을 모르는 척 넘어갔다.

그리고 며칠 뒤 문자 메시지를 하나 받았다.

하찮아지느니

'어디쯤?'

그렇다, 내가 결혼하지 않은 이유를 궁금해하던 사람이 보낸 것이었다. 그날은 그와의 두 번째 업무 미팅이 잡혀 있었다. 놀랍게도 이 문장은 그가 나에게 보낸 첫 번째 메시지였다.

'내가 이 사람과 말을 놓기로 했던가?'

아무리 생각해도 그런 기억은 없었다. 그런데 이 사람은 왜 말이 짧아진 걸까? '어디쯤 오셨어요?', '오고 계신가요?' 같은 메시지는 보낼 줄 모르는 걸까? 복잡한 생각을 정리하며 약속 장소로 가는 내내 머릿속에서 이런 말들을 떠올렸다.

'저기요, 저랑 친하세요?'

'우리가 반말할 사인가요?'

'저랑 일하기 싫으신가요?'

'깜빡이는 넣고 들어오시죠.'

'예의는 어디다 말아먹고 오셨어요?'

사람과 사람 사이에는 보이지 않는 '선'이 존재한다. 관계를 유지하거나 무너뜨리는 것이 바로 선이다. 두 사람 사이의 선을 함부로 넘는 순간 관계는 흔들리고 무너진다. 그 선은 매우 개인적인 기준으로 만들어지지만 동시에 누구에게나 해당하는 보편적인 기준도 있다. 우리가 처음 만나는 사람에게 함부로 반말하지 않는 것은 모두에게 존재하는 보편적인 선이다. 그리고 저마다 다른 넘지 말아야 할 개인적인 선이 있다.

내 경우에는 성별, 나이, 외모가 절대로 지켜야 할 기준이자 넘지 않는 선이다. '여자가 말이야', '꼴에 남자라고', '그 나이 되도록', '나보다 어린 것 같은데', '살 좀 빼야 할 거 같은데', '피부 관리 좀 해'와 같은 말은 절대 하지도 않고 듣지도 않겠다는 것이다.

그런데 그 사람은 업무 관계인 나에게 첫 만남부터 결혼이라는 지극히 개인적인 이야기를 대뜸 물었다. 그리고 오늘은 얼굴도 보기 전부터 문자로 반말을 날렸다. 벌써 두 번이나 선을 넘었으니 우리 관계는 무너지고 흔들릴 일만 남은 것이다.

약속 장소에 들어서기 전 나는 결정을 해야 했다. 영화 〈기생충〉 속 박 사장이찬이이 "내가 선을 넘는 사람들을 제일 싫어하는데…"라고 말했던 것처럼 "어, 대표님 지금 선 넘으신 거 같은데요?"라면서 침범해서는 안 되는 선을 확실하게 정해서 알려줄 것인가. 아니면 나도 똑같이 선을 넘어버리고 이 관계를 끝내버릴 것인가를.

그 사람은 내가 자리에 앉기도 전에 자신이 보낸 메시지를 보지 못 했느냐고 물었다. 나는 생글생글 웃으며 "안 그래도 '어디쯤?'이냐고 묻길래 '거의 다 왔어, 기다려줌!'이라고 답장을 보내려다가 말았어요"라고 대답했다. 그리고 소리 내 웃었다. 그러자 그는 입을 다물었다.

여기서 멈추지 않고 한번 더 확실한 선을 그었다.

"대표님, 저희 말은 나중에 놓죠. 대표님이 인간적인 분이신 건 너무 잘 아는데, 저는 편한 사이가 되면 같이 일하기 힘들더라구요. 일 다 끝나면 그때 친해져요. 괜찮으시죠?"

자신이 먼저 시비를 건 상대가 웃으며 말하는데 화를 내는 것이 추하다는 걸 아는지, 그가 어색한 표정으로 고개를 끄덕였다.

물론 그 사람이 나에게 반말을 하고 결혼 이야기를 던진 것이 아무 의미 없는 것일 수도 있다. 하지만 듣는 사람인 내가 불편하다면 말하는 사람에게 알려주어야 한다. 그래야 자신이 공격인지도 모른 채 상대에게 날카로운 칼날을 들이밀었다는 것을, 그래서 상대가 피를 흘렸다는 것을 알 수 있다.

관계란 서로 다른 환경에서 살아온 서로 다른 가치관을 가진 두 사람이 한 지점에서 만나는 일이다. 따라서 기본적으로 갈등과 오해의 소지를 품고 있다. 특히 서로에게 호감이 있거나 친밀감을 통해 이루어진 것이 아니라 이해관계를 전제로 만나는 사회적 관계는 더욱 그러하다. 때문에 일로 만난 사이에는 이런 선 긋기가 꼭 필요하다.

어린 시절 난롯가를 서성였던 기억을 떠올려보자. 가까이 가면 너무 뜨겁고, 멀리 떨어지면 따뜻한 기운이 느껴지지 않는다. 업무로 만난 공적인 관계는 난로처럼 대해야 한다. 선을 침범해 화상을 입지 않도록, 난로의 열기가 닿지 않는 밖으로 나가버려 추위에 바들바들 떨지 않도록 적당한 거리를 두는 것이다.

하찮아지느니

웃으며 거절하는 방법

좋은 것을 좋다고 말하고 싫은 것을 싫다고 말하는 게

뭐 그렇게 대단한 일인가 싶지만,

이것만큼 어려운 것도 없는 것 같다.

친구들이 모이면 대화는 으레 시댁과 남편 험담을 주로 하는 유부들의 이야기와 회사 상사와 동료 또는 부하의 험담을 하는 미혼들의 이야기로 나뉜다. 그런데 결혼 10년 차 친구는 남편, 시댁과 꽤 좋은 관계를 유지하고 있어 유부들의 대화가 아닌 미혼들의 대화에 주로 참여한다. 어떻게 남편과 시댁 뒷담화를 안 할 수 있느냐는 말에 친구가 말했다.

"나는 결혼하면서 남편하고 다짐한 게 하나 있어. 좋은 관계를 오래 유지하기 위해서 싫은 것은 억지로 하지 말자. 이것만 지키면 시댁도 남편도 다 괜찮은 거 같아."

이런 다짐을 하게 된 계기는 연애 시절 남편의 집에 놀러갔다가 예비 시어머니가 자신의 아들에게 하는 말을 우연히 듣게 된 것이었다.

"걔는 어떻게 된 게 먼저 설거지를 하겠다는 말을 안 하니?"

그녀는 남자친구네 집에 손님으로 왔다고 생각했는

데, 예비 시어머니는 앞으로 결혼할 사이니까 당연히 설거지를 해야 한다고 생각한 것이다. 순간 친구는 '앞으로는 이런 뒷말이 나오지 않게 내가 잘해야겠다'라는 다짐 대신 '싫은 건 확실하게 싫다고 말하자'고 결심했다. 그리고 남자친구에게도 자신의 생각을 확실하게 전달했다.

"내 마음은 그렇게 생각하지 않는데 시부모님이니까 억지로 하다 보면 스트레스받아서 앞으로 시댁에 가기 싫어질 것 같아. 그러니까 우리 둘 다 하고 싶지 않은 것은 확실하게 말하고 그에 관한 생각을 존중해 줬으면 좋겠어. 각자의 부모님에 관한 일뿐 아니라 서로에 관해서도 마찬가지야."

남자친구는 그녀의 말에 공감했고 여기에 "싫은 것 말고도 좋은 것은 확실하게 좋다고 표현하자"라는 말을 더했다.

좋고 싫음을 에둘러 말하거나 참지 않는 덕분에 두 사람은 큰 소리 내지 않고 부부 생활을 유지 중이라고 한다. 서로의 생각이 다를 때는 최대한 상대의 마음을 존중하고 이해하도록 노력하다 보니 어느새 각자의 좋고 싫음의 기준을 알게 되었다고도 했다. 그러니 알아서 조심할 수 있다는 것이다.

좋은 것을 좋다고 말하고 싫은 것을 싫다고 말하는 게 뭐 그렇게 대단한 일인가 싶지만, 이것만큼 어려운 것도 없는 것 같다. 햇병아리 신입직원 시절 선배가 이런 말을 했다.

"직장에서 살아남으려면 싫어도 좋은 척을 해야 해."

그리고 얼마 후 팀원들과 커피를 마시는 자리에서 테니스가 취미인 팀장이 나에게 물었다.

"희연 씨는 테니스 좀 치나?"

"네, 잘은 못 치지만 요즘 배우고 있습니다."

나도 모르게 이렇게 대답하고 말았다.

"그래? 주말에 시간 되면 테니스 치러 나와. 같이 칩시다."

"네, 알겠습니다."

이렇게 대답해 놓고 며칠을 테니스 걱정에 끙끙댔다. 왠지 팀장님이 신입직원과 테니스를 치고 싶어 할 것 같아 배우고 있다고 맘에 없는 소리를 한 것이다. 결국 주말을 하루 앞두고 나는 팀장에게 미룰 수 없는 약속이 있어 테니스는 치지 못할 것 같다고 말했다. 그러자 팀장은 별일 아니라는 듯 흔쾌히 알겠다고 대답했다. 이럴 줄 알았으면 솔직하게 못 친다고 말하면 될 것을 괜히

하찮아지느니

속앓이를 한 것 같아 내가 한심했다.

　그날 이후 나는 '싫어도 좋은 척을 해야 한다'는 선배의 말도 안 되는 조언은 개나 줘버리고 못 하는 건 솔직하게 말했다. 그렇다고 해서 특별히 불이익을 받거나 문제가 생기는 일은 없었다. 오히려 못 하는 것, 싫은 것을 좋은 척 받아들였다가 내가 한 말을 책임지지 못해 고생하는 일이 있었다. 게다가 거절도 하다 보니 나름의 기술이 생겼다.

　"차 선생은 등산을 좋아하나?"

　학교 세미나에 참석했을 때 지도 교수님이 물었다. '할 말은 하고 살자'는 게 인생의 모토인 나도 지도 교수님에게만은 그렇게 대하기 어려웠다. 하지만 나는 등산을 심히 싫어했다. 인생에서 몇 번 되지 않는 등산 경험은 다시는 떠올리고 싶지 않은 최악의 기억이기도 했다. 아무리 지도 교수라고 해도 등산을 좋아한다는 말은 할 수 없었다. 다만 단칼에 "싫어합니다"라고 할 필요도 없었다. 나는 장난기 가득한 목소리로 대답했다.

　"산은 차에 타고 가면서 멀리서 경치 감상하는 곳 아닙니꽈. 저는 비포장길에는 발을 들이는 게 아니라고 배였습니돠."

농담 섞인 거절에 모두가 한바탕 웃었다. 그리고 나를 제외한 사람들이 등산 일정을 잡았다. 마침 등산 계획을 세울 참이었는데 내가 등산을 좋아하면 끼워주고 아니면 평소처럼 산을 좋아하는 사람들끼리 등산을 다녀오려는 생각이었다는 것이다. 교수님은 간혹 자신에게는 물어보지 않고 몇몇이서만 등산을 다녀온 사실을 서운해한 학생들이 있어 물어봤다고 했다. 더불어 내가 등산을 이토록 싫어하는 것을 알았으니 이제는 등산 이야기는 절대 꺼내지 않겠다며 웃었다.

만일 내가 등산을 좋아하는 교수님에게 맞추기 위해 억지로 산을 좋아한다고 말했다면 어땠을까? 매달 등산화를 신으며 등산을 좋아한다고 말한 내 입을 저주할 것이며, 가쁜 숨을 내쉬면서 정상을 향해 한발씩 내디디며 휴일에 쉬지도 못하게 하는 교수님을 원망했을 것이다.

자신의 생각과 감정을 철저하게 속이는 '척'을 잘할수록 사회생활을 잘하는 것이라고 생각하는 사람들이 많다. 이렇게 자신과 주변에 솔직하지 못하면 나만 괴로워진다. 상대와의 좋은 관계를 위한 거짓말은 결국 부메랑

아찰아지느니

처럼 되돌아와 관계를 위태롭게 만든다. 불편함은 그 누구에게도 도움이 되지 않기 때문이다. 그냥 정직하고 솔직하게 자신의 진짜 마음을 표현하면 된다. 다만 정색하는 대신 농담처럼 유쾌하게 에둘러 거절하면 된다.

금 밟지 마세요

모든 사람에게는

각각의 '퍼스널 스페이스(personal space)'가 있다.

다른 사람이 침범하면, 즉 선을 넘으면

불쾌함을 느끼는 거리를 말한다.

"차 박사님은 결혼 안 하세요?"

늘 결혼이 문제다.

이제 겨우 세 번 만난 사이. 일 때문에 만난 사이. 그 것뿐이다.

그럼에도 이 남자는 마흔이 넘은 싱글 여성에게 만날 때마다 같은 질문을 던진다. 그러니까 나에게 벌써 세 번이나 결혼하지 않는 이유를 물어봤다. 경기도에서 제 법 큰 규모의 요양병원을 운영하는 원장이자 의사인 그 는 예의 있는 말투와 상대를 배려하는 매너를 갖췄다. 그는 분명 좋은 사람이다.

이런 사람들이 아무 생각 없이 툭 내뱉은 말이 우리 를 불편하게 만들 때가 있다. 선을 넘은 것이다. 성격이 괴팍하거나 남을 괴롭히길 좋아하는 나쁜 사람만 선을 넘는 것은 아니다. 성격 좋고 선량한 보통의 사람들도 선 을 넘는다.

"결혼을 뭣 하러 해요."

대게 이렇게 대답하면 더 이상 질문을 하지 않고 다른 이야기로 넘어간다. 내가 결혼하지 않는 이유가 궁금해서 물어본 게 아니라 할 말이 없어서 물어본 경우가 많기 때문이다. 일 이야기는 어느 정도 했는데 나에 관해 아는 것이라고는 이름, 성별, 나이, 미혼이라는 정도다. 분위기가 어색해지지 않게 뭔가 말은 해야겠으니 별생각 없이 결혼하지 않은 이유를 물었을 것이다. 내 대답에 '아, 뭐 그렇구나' 하는 정도의 반응을 보인 데다가지난 만남에서 물어봤던 걸 기억 못 하고 또 물어본 걸보면 말이다.

문제는 별생각 없이 던진 그의 질문이 선을 넘었다는 것이다. 선을 넘은 말은 우리를 불쾌하게 만들고 상처준다. 모든 사람에게는 각각의 '퍼스널 스페이스(personal space)'가 있기 때문이다. 퍼스널 스페이스는 다른 사람이 침범하면, 즉 선을 넘으면 불쾌함을 느끼는 거리를말한다.

지하철에서 양쪽 가장자리를 선호하는 이유, 영화관팔걸이에 예민해지는 이유, 화장실에서 옆 칸이 비어 있는 곳을 선택하는 이유, 에스컬레이터에 탈 때 앞 사람과 최소 한 계단은 거리를 두는 이유. 모두 자신의 퍼스널 스페이스를 지키기 위함이다.

퍼스널 스페이스에는 물리적 거리와 심리적 거리가 있다. 물리적 거리는 우리가 무의식적으로 자기 것이라고 생각하는 일정한 공간이다. 일본 1.01m, 미국 89cm, 남미 81cm 등 문화마다 다르다. 남에게 폐 끼치기 싫어하고 개인적인 성향이 강한 일본은 다른 사람과 1m 이상 거리를 두길 원한다. 반면 여럿이 함께 어울리기를 좋아하는 남미 사람들은 그보다 가까운 퍼스널 스페이스를 가졌다.

그리고 사람과 사람 사이의 보이지 않는 영역인 마음의 거리도 퍼스널 스페이스에 속한다. 우리는 보이지 않는 선을 그어 마음의 거리를 둔다. 사람에 따라, 상황에 따라 누군가를 가깝게 느끼기도 하고 멀게 느끼기도 한다. 가까운 사람에게는 나와 가까운 선을 긋고, 먼 사람에게는 그만큼 떨어진 곳에 선을 긋는다.

가령 "너도 빨리 좋은 사람 만나서 결혼해야지", "이제 살 좀 빼야지", "아기는 언제 낳으려고"라는 말을 엄마에게서 들었을 때와 오늘 처음 만났을 뿐인 사람에게서 들었을 때의 차이는 어마어마하다. 엄마와 나의 마음의 거리는 매우 짧아 다소 무례하거나 언짢게 느껴지는 말과 행동도 어느 정도는 받아줄 수 있고, 불편한 마음을 솔직하게 드러내며 받아칠 수도 있다. 하지만 친하다고 생각하지 않는 사람, 공적인 관계에 지나지 않는 사람이 이런 말을 하면 매우 당황스럽다. 내가 정해둔 선을 넘었기 때문이다.

모두가 가지고 있는 자기만의 선, 우리는 그것을 사회적 거리[7]라고 부른다. 사회적 거리는 사람마다 다르게 설정되어 있고, 눈에 보이지 않는다. 문제는 우리 주변에 퍼스널 스페이스에 대한 감각이 낮은 사람들이 생각보다 많다는 것이다. 거리를 두지 않고 훅 들어오거나, 친밀도에 맞지 않는 질문으로 불편하게 하거나, 자꾸만 선을 넘는 발언을 하는 사람들을 대할 수밖에 없다.

나를 지키기 위한 최소한의 울타리를 자꾸 넘으려는 사람들을 어떻게 대해야 할까? 정색하고 기분 나쁘다는

7) Park, R. E. (1924). The concept of social distance as applied to the study of racial attitudes and racial relations. Journal of Applied Sociology, 8, 339-344.

하찮에지느니

것을 알려줘야 할지, 아니면 좋은 게 좋은 거라고 그냥 웃으며 넘어가야 할지 고민하게 된다. 결국 어떤 방법을 선택해도 후회는 남는다. 선은 내가 넘은 게 아니라 그들이 넘었는데도 말이다.

내가 허락하지 않은 영역을 침범하는 사람이 있다면 반드시 알려줘야 한다.

'당신, 지금 금 밟았어.'
'당신, 지금 선 넘었어.'

이때 우리는 한 가지 선택을 해야 한다. 웃으며 금 밟고, 선 넘은 것을 알려줄 것인가. 아니면 화를 내면서 알려줄 것인가.

그러니까 "왜 결혼 안 했어요?"라는 선 넘는 질문에 웃으며 "그게 왜 그렇게 궁금하신가요?"하고 되받아칠 것인지, 아니면 얼굴을 붉히며 "제가 결혼을 하든 말든 무슨 상관인데요?"라고 화를 낼 것인지 중 선택하는 것이다. 기준은 간단하다. 자신이 선을 넘었다는 걸 모르는 사심 없는 사람에겐 웃으며 말하고, 선을 넘은 행동인 줄 알면서도 공격해오는 사람에겐 단호하게 행동한다. 당신의 말이 나를 불쾌하게 만들었고 한 번만 더 선을 넘으면 참지 않겠다는 것도 보여준다.

선은 넘으라고 있는 것이 아니라, 넘지 말라고 있는 것이다. 나를 보호하기 위해 쳐놓은 울타리를 대수롭지 않게 여기는 사람에겐 당장 멈추라는 명확한 표현이 필요하다. 그리고 한 가지 더. 나 역시 모르는 사이에 선을 넘어 다른 사람들을 불편하게 만들 수도 있다. 내가 그어 놓은 선을 상대가 지켜주길 바라는 것처럼 상대만의 공간을 인정해 주고 배려해야 한다.

제가 알아서 할게요

"이 세상에서 제일 무서운 사람은 책을 많이 읽는 사람도,

책을 아예 읽지 않는 사람도 아니다.

책을 한 권만 읽은 사람, 그의 철학이 가장 무섭다.

책 한 권 읽은 사람이 가장 아는 척을 한다."

강호동은 "나는 책을 많이 읽는 사람을 두려워한다"라고 말했다. 그만큼 세상에 대한 혜안이 깊고 멀리 내다볼 수 있기 때문이라는 것이다. 그런데 그는 "이 세상에서 제일 무서운 사람은 책을 많이 읽는 사람도, 책을 아예 읽지 않는 사람도 아니다. 책을 한 권만 읽은 사람, 그의 철학이 가장 무섭다. 책 한 권 읽은 사람이 가장 아는 척을 한다"라고 덧붙였다.

책을 한 권만 읽었다고 해서 잘못되었다는 것은 아니다. 강호동의 말은 책을 편식하는 사람을 경계한다는 뜻이다. 머릿속에 오직 한 가지 생각만 들어 있는 사람은 다른 관점의 생각이나 타인의 생각에 절대 귀 기울이지 않는다. 내 말만 무조건 옳다고 주장한다. 문제는 이런 선무당들이 다른 사람들을 통제하려는 욕심을 부린다는 데 있다.

"여자는 예뻐야 대접받아."

하찮아지느니

어느 날 친구가 나에게 말했다. 그녀는 어마어마한 돈과 시간, 노력을 들여 아름다워졌다. 나는 스스로 원한 것을 이뤄낸 그녀가 자랑스러웠다. 그런 만큼 적극적으로 칭찬하고 용기를 주는 말을 건넸다. 그렇게 마무리되었다면 좋을 우리 관계는 그녀가 나에게 외모에 관해 조언하기 시작하면서 조금씩 변질되었다.

친구는 다이어트부터 화장법, 패션까지 자신이 알고 있는 팁을 전해주었다. 외모의 변화와 함께 행복해진 친구의 자존감을 깨뜨리고 싶지 않아 나도 그녀의 조언을 조금씩 받아들이면서 나름의 관리를 시작했다. 자신의 말을 따르는 게 기분이 좋아서였을까. 시간이 지날수록 조언은 참견이 됐고 외모에 관해서만은 다른 사람의 말은 틀리고 자신의 말만 맞는 것처럼 강요하기 시작했다. 그녀의 말대로 운동하고 식단을 관리하고, 자신이 효과를 본 화장품을 사용하라며 집요하게 연락했다. 조언은 어느새 내 외모에 대한 비판으로 바뀌었다. 뿐만 아니라 내 일에 관해서까지 참견하는 지경에 다다랐다.

이 친구처럼 다른 사람의 삶과 의사결정에 개입하려는 사람들이 있다. 누군가를 통제하고 싶은 마음을 가진 것이다. 심리학에서는 이를 '권력 욕구'라고 부른다. 권력은 타인에게 영향력을 줄 수 있는 힘이다. 리더십을 갖춘 사람은 이 힘을 사용하지 않아도 다른 사람들이 자발적으로 따른다. 사람들을 자신이 원하는 방향으로 이끌 수 있다. 반면 그렇지 못한 사람은 권력을 휘둘러 억지로 통제하려 한다.

내 친구는 자신을 아름답다고 여겼고, 그로 인해 생긴 권력을 나에게 휘두르고 싶어 했다. 하지만 나는 외모와 관계없이 존중받으며 살아왔다. 외모에 특별히 불만을 가진 적도 없고 다른 사람에게 비난받은 적도 없었다. 내 얼굴과 몸은 내가 좋아하는 일을 하는 데 아무런 문제가 되지 않았다. 그러니 나를 통제하고 싶어 하는 친구의 전략은 통하지 않았다. 처음에는 칭찬으로, 그다음에는 어르고 달래더니 나중에는 자신의 말을 듣지 않는 나에게 짜증을 냈다. 어떻게든 자신이 원하는 대로 나를 바꾸려고 하던 친구와 보이지 않는 전쟁을 치른 끝에 나는 그녀의 연락을 무시했다. "내 얼굴, 내 몸, 내 외모는 내가 알아서 할게"라는 마지막 말과 함께.

스스로 존중하고 다른 사람이나 조직에 억눌리지 않

고 나 자신으로서 건강하게 존재하는 자존감의 시대다. 누군가가 우리에게 오지랖 부리면서 우리의 인생을 좌지우지하려고 한다면 이것을 생각해봐야 한다.

'이 판단은 내가 스스로 결정한 것인가?'

내 인생은 나의 것이다. 내 인생이 남의 것이 되는 것 같다는 생각이 든다면 곧바로 "제가 알아서 할게요"라고 당당히 말할 수 있어야 한다. 나를 위한 방향으로 행동하기 시작하면 자존감은 높아진다.

유통기한이 지난 건
버릴 것

"기억이 통조림에 들어 있다면

기한이 영영 지나지 않기를 바란다.

꼭 기한을 적어야 한다면 만 년 후로 적어야지."

언젠가 유통기한이 지난 우유를 모르고 마셨다가 된통 당한 적이 있다. 그날 이후 마트에서 음식을 살 때면 유통기한을 꼭 확인하는 버릇이 생겼다. 우유 때문에 고생했던 기억이 꽤나 강렬했던 덕분인지, 아니면 다행히도 기억력이 좋은 편인지 웬만해선 유통기한 확인을 잊어버리지 않는다.

영화 〈중경삼림〉에서 경찰 223(금성무 분)은 옛 연인과 만우절에 헤어진다. 그리고 자신의 생일이자 헤어진 지 딱 한 달이 되는 5월 1일이 유통기한인 파인애플을 매일 하나씩 사 모은다. 30개의 파인애플 통조림을 다 살 때까지 연인이 돌아오지 않는다면 모든 걸 잊기로 한다. 하지만 어느 날 문득 자신이 파인애플 통조림과 다를 바 없다는 사실을 깨닫는다. 드디어 찾아온 자신의 생일인 5월 1일에 한 여자로부터 생일을 축하한다는 메시지를 받은 그는 이렇게 독백한다.

"한 여자가 생일을 축하해줬다. 1994년 5월 1일에⋯. 그 말 때문에 난 이 여자를 잊지 못할 것이다. 기억이 통조림에 들어 있다면 기한이 영영 지나지 않기를 바란다. 꼭 기한을 적어야 한다면 만 년 후로 적어야지."

경찰 223은 기억이 든 통조림의 유통기한이 없었으면 좋겠다고 생각하지만 모든 통조림엔 유통기한이 있다. 아니, 사실 모든 것에는 유통기한이 있다. 경찰 223이 이야기한 기억부터 사랑, 우정, 건강, 돈, 믿음⋯ 등 모든 것은 결국 끝이 나게 되어 있다. 그리고 관계에도 유통기한이 존재한다.

평생을 함께할 사람이라 믿어 의심치 않던 사람이 남보다 못한 사이가 되기도 하고, 변치 않는 신뢰를 보내던 사람에게서 내가 잘못한 일도 아닌데 나를 탓하는 모습을 보기도 하며, 하루가 멀다고 카톡을 주고받던 사람과 연락을 끊어버리게도 된다. 관계의 유통기한이 다했기 때문이다.

그런데 어째서인지 나는 꽤 오랜 기간 유통기한이 지나버린 관계를 버리지 못하고 있었다. 냉장고에 유통기한을 넘겨 상한 우유가 있다면 어떻게 할까? 별다른 고민 없이 버릴 것이다. 그런데 왜 관계는 그러하질 못하는 걸까. 아마도 관계의 유통기한을 제대로 읽지 못해서는 아닐까?

슈퍼마켓에 놓인 음식의 유통기한은 정확한 숫자로 표시되어 있다. 하지만 관계의 유통기한은 숫자나 문자로 표시할 수 없다. 눈에 보이지 않는 관계의 유통기한을 확인하려면 대체 어떻게 해야 좋을지 몰랐다. 그렇다고 유통기한이 지나버린 관계를 질질 끌면서 식중독에 걸리듯 아팠다가 다시 나아지고 또 아파지는 과정을 반복하는 것도 지긋지긋했다. 고민 끝에 나는 일로 만난 사이든 사적으로 아는 사이든 두 사람 사이에 적용할 나만의 원칙을 하나씩 세워보기로 했다.

기업에서 사내 강사로 재직하다가 프리랜서로 독립했을 당시 내가 가장 열심히 했던 것은 영업과 마케팅이었다. 열심히 강의 자료와 명함을 돌리고 나면 몇몇 기업에서 강연 의뢰를 요청해왔다. 어느 날 가끔 활동하던 한국강사협회에서 만난 중소기업 대표로부터 연락이 왔다. 직원 교육과 관련해 상담을 하고 싶다는 것이었다. 몇 차례 회사를 찾아 미팅을 했다.

그런데 언제부터인가 미팅 시간이 이상해졌다. 자신과 저녁 약속을 한 지인이 나의 프리랜서 활동에 도움이 될 것이라며 함께 가자는 것을 시작으로 잊을 만하면 저녁에 연락을 해 직원 교육이 필요한 사람을 소개해주겠다며 불러냈다. 말이 좋아 저녁 식사지 그보다는 술을 마시고 왁자지껄 떠드는 자리에 불과했다. 그 덕에 인맥이 조금 넓어지긴 했지만 그런 사적인 만남이 일로 연결된 것은 한 건도 없었다. 그저 아재들의 평범한 술자리를 미팅이라는 그럴싸한 핑계로 포장해 젊은 여자를 불러내는 것뿐이었다.

처음에는 큰 도움이라 생각했던 관계는 점차 계륵이라는 생각이 들었고, 나중에는 성과 없이 내 시간과 감정만 낭비하게 만드는 쓸데없는 것처럼 여겨졌다. 나는 그 대표에게 앞으로 업무와 관련한 만남은 사무실에서만 할 것이며 그 외의 일로 연락하지 말라고 말했다.

그날 이후 내가 세운 원칙이 있다.

'업무로 만난 사람과 술 마시지 말 것.'
'인맥 영업은 하지 말 것.'

일로 만난 사이에는 이 원칙을 반드시 지키기로 했다. 원칙을 만든 후에 단 한 번도 주변 사람을 통해 기회를 얻으려 하거나 상대의 부탁을 들어주는 대신 강연을 얻는 일을 하지 않았다. 일로 만난 사이는 일로만 소통했다. 절대로 함께 술을 마시거나 사적으로 만나지도 않았다. 원칙을 지켜나가면서 일과 사람에 대한 자신감이 조금씩 생겼다.

서로에 대한 호감이나 친밀함으로 만들어진 관계에도 나름의 원칙을 세웠다. 나에게 상처 주는 관계는 정리할 것, 그리고 때로는 조금 이기적이어도 괜찮다는 것이다. 나에겐 잠시 스쳐 가는 관계가 있고 오래 머물면서 서로에게 영향력을 주는 관계가 있다. 모든 관계에 에너지를 투자하고 정성을 쏟을 필요는 없다.

만일 내가 누군가에게 늘 최선을 다하고 진심으로 대했는데 나에게 돌아오는 것이 상처뿐이라면 그 관계는 끌고 갈 필요가 없다. 내가 베푼 만큼 나를 보듬어주지 않는 관계라면 유통기한이 지났으니 여기서 끝내면 그만이다. 모든 사람이 내 마음을 이해해 줄 것이라고 생각하면 안 된다. 지금이 아니어도 떠날 사람이라면 어느 정도 정리를 해야 한다.

무조건 받아주고 참을 게 아니라 불편하거나 마음 상하는 일이 있으면 감정을 표현하면서 해소하는 과정에서 관계는 더욱 단단해진다. 이 원칙을 지키면 인간관계에서 사소한 일에는 상처받지 않게 된다. 돈은 벌면 되고 건강은 챙기면 되지만 사람은 마음대로 되지 않기 때문에 나를 최우선으로 보호하면서 서로 상처받지 않을 원칙들이 필요하다.

누구나 자신이 상대를 얼마나 받아들일 수 있는가에 대한 일정한 커트라인을 가지고 있다. 이 기준은 저마다 다르다. 커트라인을 결정하는 것은 오롯이 나 자신만이 가능한 일이니까. 지금껏 나보다 상대의 입장에서 커트라인을 세웠다면 이제부터는 내가 괜찮을 기준에서 커트라인을 세운다.

인간관계에 있어 원칙은 매우 중요하다. 인간관계의 바이블이라 불리는 데일 카네기도 관계에 있어 확실한 기준과 원칙을 세우고 사람을 만났다고 한다. 나만의 기준이 없으면 다른 사람의 사소한 말 한마디에 쏠리고 주체적인 관계를 맺지 못한다. 관계 때문에 갈등을 겪는다면 나만의 원칙을 지켰는지 확인해 볼 것을 권유한다. 제대로 원칙을 지켰음에도 갈등이 반복된다면 원칙 자체에 문제가 있는 것은 아닌지 살펴보는 것도 좋다. 원칙에도 문제가 없을 경우, 내가 관계의 원칙을 지키는 것을 싫어하거나 방해하는 사람이라면 과감하게 버리자. 그 사람과의 관계는 유통기한이 끝난 것이다.

우리는 유통기한이 지난 음식이나 약을 폐기한다. 그것을 먹으면 분명 탈이 나고 심할 경우 생명이 위협을 받을 수도 있다. 인간관계도 마찬가지다. 나를 공격하고 나만의 단단함을 자꾸 깨뜨리는 관계는 유통기한이 지나 우리를 위험하게 만든다. 나에게 있어 가장 중요한 것은 나다. 나를 위해 유통기한이 지난 건 버리자.

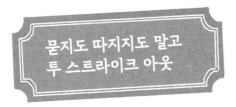

묻지도 따지지도 말고
투 스트라이크 아웃

만일 상대가 나에게 말도 안 되는 개소리를 하거나

본인만 생각한 이기적인 행동을 했다면 한 번은 참고

옐로카드를 보여준다.

워크샵을 운영했을 때의 일이다. 금, 토, 일 3일간 8시간씩의 스케줄이었는데 한 참가자가 첫날에는 참석을 못 할 것 같다는 연락을 해왔다. 다음날 찾아온 그에게 이유를 물었다.

"제가 먼저 금요일에 월차를 냈는데, 다른 팀원이 급하다면서 저에게 말도 안 하고 월차를 바꿔버리는 바람에…"

미안하다는 얼굴로 말하는 사정을 들어보니 월차를 새치기당한 것 같았다. 나는 그에게 회사 시스템을 물어봤다.

"저는 전기 기술 부서에서 일해요. 문제가 생기면 회사 전체에 영향을 주기 때문에 두 사람이 휴가를 겹쳐서 쓸 수 없어요."

"그럼 먼저 월차를 냈는데, 팀원이 물어보지도 않고 자신의 월차로 바꿨다는 건가요?"

남자는 그렇다고 대답했다. 그의 동료는 평소에도 월

차를 자기 마음대로 바꾼 다음 일방적으로 통보했다고 한다.

"언제 처음 휴가 일정을 양보했나요?"

남자는 잘 기억나지는 않지만 동료가 처음부터 그랬던 것은 아니라고 말했다. 동료에게 급한 사정이 생겨 휴가를 바꿔줬는데 그게 두 번이 되고 세 번이 되더니 어느 순간부터는 당연한 일이 되었다는 것이다.

"동료에게 항의하거나 다시 되돌리라고 말하지는 않았나요?"

그는 생각은 했지만 차마 항의하지는 못했다고 한다. 이유를 묻자 "그런 말을 꺼내면 관계가 불편해질 것 같아서…"라고 대답했다.

관계 때문에 해야 할 말을 참는 사람들이 많다. 불편한 마음을 표현하면 관계가 나빠질 것이라 생각하는 것이다. 나 역시 친구가 내 뒷담화를 했다는 사실을 알고도 모른 척 넘어간 경험이 있다. 아예 안 보고 지낼 수 없으니 싸움 대신 내가 참기로 한 것이다. 덕분에 친구와 그 일로 싸우지는 않았다. 대신 친구를 의심하게 되었다. 친구의 칭찬도 진심으로 들리지 않았고 가끔씩 친구가 서운한 이야기를 하면 속으로 '나는 네가 뒷담화

하는 것도 참았는데 그걸 못 참아?' 하고 생각했다. 좋은 관계를 유지하고 싶어 참았지만 결국 나는 친구와 서서히 멀어졌다.

'좋은 게 좋은 거지.'
'나만 노력하면 되는데.'

정말 나만 참으면 알아서 상황이 나아질까? 내가 배려하면 상대가 나를 존중해줄까? 스스로를 존중하지 않는데 남들이 나를 존중해줄 리 없다. 한 번은 참는 것이지만 두 번은 상대가 나를 대하는 태도를 인정하는 것이 되어버린다.

나를 감정의 쓰레기통으로 여기는 사람이 있다면 접근을 단호히 거부한다. 대신 서두르지 않는다. 천천히 부드럽고 조심스럽게, 상대를 존중하는 태도로 완곡하게 거절한다. '거절'과 '거부'에만 집중하느라 조급하게 행동하는 것은 마치 상처의 딱지가 아직 아물지도 않았는데 새살이 얼마나 돋았는지 궁금해 조급하게 떼어내는 것과 같다. 그러면 상처는 영원히 아물지 않고 흉터만 남는다.

만약 내 거절에 상대가 화를 내거나 떼를 쓴다면 안타까워하자. 스스로 감정조절도 하지 못해 다른 사람에게 화풀이나 하는 불쌍하고 미숙한 사람이니까.

공무원 사회에는 '원 스트라이크 아웃제'라는 것이 있다. 단 한 번이라도 공금을 횡령하거나 100만 원 이상의 금품 또는 향응을 받은 공무원은 지위에 상관없이 영원히 공무원에서 퇴출시켜버리는 제도다. 이런 제도를 인간관계에도 적용할 필요가 있다. 내가 정한 선을 넘는 행동이나 말을 하는 사람은 과감히 버리는 것이다.

대신 '딱 한 번'은 참아준다. 그러니까 나는 '원 스트라이크 아웃제'가 아니라 '투 스트라이크 아웃제'를 실시한다. 인간은 누구나 실수를 하며 저마다 잘못의 기준이 다르다. 만일 상대가 나에게 말도 안 되는 개소리를 하거나 본인만 생각한 이기적인 행동을 했다면 한 번은 참고 옐로카드를 보여준다.

나에게 말도 없이 휴가를 새치기했다면 경고를 보낼 것이다. 휴가 일정은 같이 협의해서 정하기로 했으니까 지켜달라고. 이번에는 급한 일 같으니 넘어가겠지만 다음에도 말없이 내 휴가 일정을 바꿔버리면 가만있지 않겠다고. 이렇게 잘못을 알려준다. 옐로카드에도 상대가 행동을 고치지 않고 똑같이 나온다면 '투 스트라이크 아웃제'에 따라 레드카드를 던지면 된다. 과감하게 버리는 것이다. 그런 친구라면 없는 게 나을 것이고, 그런 직장 동료라면 회사에 문제를 제기하자.

관계라는 것은 서로 동등할 때 유지된다. 상사와 부하처럼 직급이나 계급 차이가 있어도 관계 자체는 동등해야 한다. 한쪽이 일방적으로 참거나 공격해서는 안 된다는 뜻이다. '갑질', '개저씨', '꼰대' 등의 말은 이미 우리 일상에 널리 퍼졌다. 그만큼 상대에게 불쾌한 말이나 행동을 일삼는 사람이 많다는 증거다. 두 번 이상 참고 넘어가면 그들은 공격해도 된다는 신호로 받아들인다. 예의상 한 번은 참아줬다면 두 번은 참지 말고 레드카드를 꺼내도 좋다. 참는 건 미덕이 아니라 화병만 불러온다.

친해지지 않을 권리

서로의 감정에 상처를 주지 않으면서

관계를 계속 맺을 수 있는 적당한 거리를 찾는 게

가장 좋은 방법이지만, 그를 위해 쏟아야 할

정신적 에너지도 만만치 않다.

나는 언니들 A, B, C, D와 친하다. 그런데 A는 B를 싫어한다. B가 참석하는 모임에는 절대 오지 않는다. 그런가 하면 C는 B에게 특히 장난을 잘 치는데 그런 C를 B는 불편해한다. C는 B가 가장 편해서 자신도 모르게 장난을 걸게 된다고 하지만, B는 C가 자신을 만만하게 보는 것 같다고 느낀다. 두 사람은 모임에서 마주하면 늘 티격태격하며 아슬아슬한 분위기를 연출한다. D는 A를 어색해한다. 어딘지 모르게 잘 맞지 않아 서로 대화를 하면 할수록 더 멀어지는 기분이라고 한다.

　이렇게 나를 포함한 다섯 명은 꽤 오래전부터 서로의 생일이나 좋은 일, 슬픈 일이 있으면 만나왔다. 하지만 서로를 알게 되는 시간이 늘어나면서 다섯 명 사이에 숨어 있던 미묘함이 조금씩 모습을 드러내기 시작했다. 그러다가 각자 불편해하거나 결이 맞지 않는다고 느끼는 사람이 참석하는 모임을 피하게 되고 다섯 명이 모두 모이는 일은 이제 없다.

이들 사이에서 막내 역할을 하는 나는 언니들이 모두 화통하고 좋은 사람이라는 것을 알고 있다. 그리고 다섯 명이 모두 만나 즐겁게 이야기하던 시절이 그립기도 하다. 동시에 서로 맞지 않는다고 느끼는 사람들이 굳이 모여 부대낄 이유는 없다고 생각한다.

관계를 끊을 수 없는 가족이나 먹고살기 위해 다녀야 하는 회사 속 인간관계에는 '어쩔 수 없다'라는 한계가 있다. 그에 반해 멀리하는 게 정신건강에 좋은 인간관계라면 과감히 버리는 게 당연하다고 생각한다.

사람들을 만나면서 내 감정을 억누르고 긍정적인 부분만 보여주려고 하면 관계는 금방 한계에 다다른다. 때로는 무엇이든 거절할 수 있는 용기, 좋은 모습을 보여주지 않을 수도 있다는 생각의 변화가 필요하다. 싫어도 좋은 척해왔던 사람에게 이런 변화는 맞지 않는 옷을 입은 것처럼 불편하고 익숙하지 않을 것이다.

나는 늘 본인이 좋아하는 것만 먹자던 친구에게 "좋아"라고만 말하다가 어느 날 "그건 좀 별로인데"라고 말하는 것으로 거절이라는 용기를 내기 시작했다. 그 순간이 아직도 생생한 건 거절을 한다는 불안과 긴장 때문이

하찮아지느니

라고 생각한다. 다른 사람의 의견에 반박하는 건 확실히 불편하긴 했다. 하지만 늘 받아주기만 하면서 눈덩이처럼 불어난 부정적인 감정보다 잠깐의 불편함이 훨씬 나에게 도움이 된다는 것을 느꼈다.

서로의 감정에 상처를 주지 않으면서 관계를 계속 맺을 수 있는 적당한 거리를 찾는 게 가장 좋은 방법이지만, 그 적당한 거리를 찾기 위해 쏟아야 할 정신적 에너지도 만만치 않은 게 현실이다.

어릴 때 '깔깔 유머집' 같은 데서 읽었던 내용 중 얼핏 기억나는 게 있다.

결혼을 앞둔 아들이 아버지에게 물었다.

"아버지 부부 사이에도 적당한 거리를 두어야 잘 살 수 있다는데, 그게 정말인가요?"

그러자 아버지가 대답했다.

"그럼, 나도 네 엄마와 늘 적당한 거리를 둔 덕분에 지금까지 잘살고 있단다."

"적당한 거리가 대체 뭔가요? 자세히 알려주세요."

그러자 주변에 아내가 없다는 것을 확인한 아버지가 아들에게 귓속말을 했다.

"적당한 거리란 말이지, 네 엄마가 나를 때리려고 할 때 맞지 않고 재빨리 피할 수 있는 거리란다."

그때는 별생각 없이 읽었는데 지금 생각해 보니 사람과 사람 사이의 적당한 거리에 관해 나름의 철학을 가진 내용이었다. 모든 관계는 이와 같다. 가까운 사이는 그만큼 서로에게 힘이 되어주고 따뜻한 위로를 빠르게 전달할 수 있지만 부작용도 만만치 않다. 부정적인 감정이나 그만큼 빨리 전해져 피하기도 전에 서로에게 상처를 받을 수 있다. 마치 고슴도치가 추운 겨울에 서로의 몸을 따뜻하게 해주려 조금씩 가까이 다가갔다가 상대의 가시에 찔려 비명을 지르는 것처럼 말이다. 선을 넘는 것 자체가 상처가 되는 관계가 여기에 해당한다. 그러니 언제 서로의 가시가 나를 찌를지 몰라 조마조마해 하면서 유지하는 것 자체가 스트레스인 관계까지 껴안을 이유는 없다.

언젠가 라디오에서 예능 프로그램 〈마녀사냥〉에 함께 출연했던 가수 성시경과 영화평론가 허지웅의 관계성에 관한 이야기를 들은 적이 있다. 두 사람은 동갑내기임에도 적당한 거리를 두었다고 한다. 아마도 두 사람이 각자의 성향과 결을 탐색했을 때 관계의 균형을 유지할 수 있는 가장 적당한 거리를 확인하고 그것을 유지한 게 아닐까? 실제로 〈마녀사냥〉을 보면 성시경이 다른 진행자인 신동엽과 유세윤에게는 상대적으로 허물없이 대하는 게 느껴지기도 했다.

이처럼 각자 괜찮은 사람일지라도 서로의 성향이 맞지 않는다면 친해지지 않을 권리도 있다. 다름은 서로를 싫어할 이유가 아니라 존중해야 할 이유가 된다. '피할 수 없으면 즐기라'는 말이 있지만 이는 어디까지나 불편함을 즐길 수 있는 요령을 가진 사람의 몫이다. 불편함을 즐길 방법이나 의지가 없는 사람에겐 그보다는 '즐길 수 없으면 피하라'는 말이 더 어울린다.

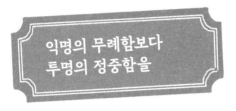

익명의 무례함보다
투명의 정중함을

나는 정중한 사람에게는 정중함으로 되돌려주고,

무례한 사람에게는 똑같은 강도의 책임감을 돌려준다.

2020년에는 코로나 19 때문에 모든 학교가 개학(개강)
대신 온라인 수업을 시작했다. 초·중·고등학교뿐 아니
라 대학도 모든 수업을 비대면으로 진행하는데 이와 관
련한 소동이 있었다. 한 대학의 교양수업을 맡은 교수가
모든 수업을 유튜브 영상으로 대체하면서 사건이 시작
됐다. 영상을 본 학생 중 하나가 교수의 강의도 아닌, 유
튜브에서 누구나 볼 수 있는 다른 사람의 강의를 그대로
퍼온 것을 납득할 수 없다며 수업 게시판에 개선을 요구
했다.

그러자 교수는 수업 게시판에 "무조건 다음 학기에 다
른 교수의 수업을 들으세요", "기억해 둘 테니 다음 학기
에 다시 수강하세요", "학생은 리포트도 내지 말고 시험
도 보지 마세요", "오늘 이후로 출석하지 마세요"라는 글
을 연달아 쓰면서 대응했다. 그러고는 해당 학생을 제외
한 나머지 학생들에게 "미꾸라지 한 마리가 제가 용인
줄 알고 온 호숫물을 흐려놓았으나 미꾸라지에 동요되

지 않기를 부탁한다"라는 쪽지를 보내기도 했다.

교수가 수업 가이드라인을 지키지 못했고, 주어진 역할을 제대로 해내지 못한 상황에서 권력을 이용해 학생에게 여러 차례 부담을 주었다는 사실이 알려지자 많은 사람이 비판했다. 결국 교수는 사과문을 올렸고 대학은 다음 학기에 강의에서 배제하겠다는 강도 높은 후속 조치를 약속하면서 일단락되었다.

기사를 보면서 예전의 일이 떠올랐다. 심리학과에 편입해 수업을 들을 때였다. 교수가 과제를 내주었다. 특별히 어려운 것은 아니었다. 문제는 과제의 주제와 내용이 '이건 과제라기보다 학생들을 대상으로 교수가 본인에게 필요한 심리학 연구를 하겠다는 게 아닌가?'라는 생각이 들 만큼 수업과 상관없다는 데 있었다. 그냥 넘어가면 안 될 것 같아 이번 연구는 학생들이 과제로 제출하기에 부적합한 내용으로 보인다고 말했다. 잠깐의 침묵이 지나가고 교수는 내 의견은 완전히 무시한 채로 어떤 일이 있어도 과제는 변경할 수 없다고 강조하며 강의실을 나가버렸다.

나는 결국 떠밀리듯이 과제를 해서 냈다. 그리고 중간고사와 기말고사까지 모두 치르고 최종 성적을 확인했다. D였다. 지각이나 결석도 한 번 하지 않았고 과제와 시험까지 평균 이상으로 해냈다고 생각했다. D라는 점수는 아무래도 과제 내용에 이의를 제기한 경고이자 페널티 같았다. 교수가 성적 평가를 감정적으로 했다는 사실에 화가 났지만 내가 할 수 있는 게 없었다.

만일 성적을 납득하기 어려우니 보다 정확한 설명과 함께 정정을 요청하면 교수의 성격상 D가 D-로 바뀔 가능성이 커 보였다. 말 그대로 '함께해서 더러웠고, 다시는 만나지 말자'는 마음으로 이런 사람은 되지 말자고 다짐했다. 다행히 그날 이후 그 교수의 수업을 들을 일은 없었고 학적부에 작은 오점 하나만 남긴 채 학생과 교수라는 관계는 끝났다.

그리고 지금, 매 학기 성적 공시 기간이 되면 내 수업을 듣는 학생들로부터 나 역시 메일이나 메시지를 받고는 한다.

'휴일에 연락드려 죄송합니다. 한 학기 동안 교수님 수업 재미있게 들었습니다. 이번 성적과 관련해 궁금증이 생겨서 연락드렸습니다.'

주로 이런 인사로 시작하는 메일은 학생의 이름과 학

번, 수업에 관한 의견, 학점에 관한 질문, 면담 요청, 끝인사 등으로 이어진다. 혹여나 성적이 학생의 취업에 영향을 미칠까 싶은 마음에 정중하게 보낸 메일을 꼼꼼하게 읽고 대답해준다. 수업을 하고 성적을 평가하는 것이 내 역할인 만큼 성적에 의문을 가지는 학생들에게 피드백을 하고 조정이 필요한 부분은 반영하는 게 당연하다. 한편으로는 이 과정에 권력이 깔려 있기에 서로가 불쾌함을 느끼지 않는 것 같다는 생각도 든다.

성적을 정정해 달라고 요청하기 위해서는 학생이 나에게 자신이 누구인지를 밝혀야만 한다. 그래야 내가 학생의 성적을 확인하고 왜 그런 성적을 주었는지 대답할 수 있다. 나의 피드백을 인정하는 학생도 있고 그럼에도 성적 정정이 필요한 이유를 설명하는 학생도 있다. 학생과 교수라는 서로의 역할을 투명하게 공개한 상황에서는 의도하지 않아도 권력 관계가 성립되고 만다. 때문에 학생은 나에게 정중하게 성적 정정을 요구하고, 나 역시 정중한 태도에 걸맞은 태도로 학생을 대한다.

그런가 하면 익명이라는 가면 뒤에 숨은 학생들로부터 무례한 공격을 받기도 한다. 가끔 내가 운영하는 유

하찮아지느니

튜브 채널 영상에 악플이 달리곤 한다. 내 수업과 관련한 이야기를 하는 걸 보면 내가 가르치는 학생 중 하나가 분명한 듯하다. 나는 정중한 사람에게는 정중함으로 되돌려주고, 무례한 사람에게는 똑같은 강도의 책임감을 돌려준다. 나는 무례함을 지적하며 하고 싶은 말이 있다면 개인적으로 연락을 하라고 글을 남겼다. 그러자 이런 대댓글이 달렸다.

'교수님한테 직접 연락하면 불이익을 받을 텐데 당연히 익명으로 말해야 하는 거 아닌가요?'

상대를 공격하면서 자신의 의사를 표현하는 사람들이 있다. 그들은 익명이라는 가면만 쓴 것이 아니라 자신의 두려움을 무례함과 공격으로 바꿔 스스로의 존재를 드러내려 한다. 하지만 자기표현과 무례함은 다르다. 내 존재를 인정받고 싶다면 자신의 의사를 명확하게 표현하자. 여기에는 용기와 예의가 필요하다. 어떤 이유로도 누군가가 나에게 함부로 할 권리가 없다면 나 역시 타인에게 무례하게 행동할 권리가 없기 때문이다.

하찮아지느니
불편한 사람이 되기로 했다

초판 1쇄 발행 2020년 6월 23일

지은이 차희연
발행인 박영규
총괄 한상훈
편집장 김기운
기획편집 김혜영 정혜림 조화연 디자인 이선미 마케팅 신대섭

발행처 주식회사 교보문고
등록 제406-2008-000090호(2008년 12월 5일)
주소 경기도 파주시 문발로 249
전화 대표전화 1544-1900 주문 02)3156-3681 팩스 0502)987-5725

ISBN 979-11-5909-988-5 03810
책값은 표지에 있습니다.